KB111543

조선낫에 버린 수필

조선낫에 버린 수필

발행일	2017년 3월 19일

지은이	서 태 수		
펴낸이	손 형 국		
펴낸곳	(주)북랩		
편집인	선일영	편집	이종무, 권유선, 송재병, 최예은
디자인	이현수, 이정아, 김민하, 한수희	제작	박기성, 황동현, 구성우
마케팅	김회란, 박진관		
출판등록	2004. 12. 1(제2012-000051호)		
주소	서울시 금천구 가산디지털 1로 168, 우림라이온스밸리 B동 B113, 114호		
홈페이지	www.book.co.kr		
전화번호	(02)2026-5777	팩스	(02)2026-5747

ISBN	979-11-5987-451-2 03810 (종이책) 979-11-5987-452-9 05810 (전자책)

이 도서의 국립중앙도서관 출판예정도서목록(CIP)은 서지정보유통지원시스템 홈페이지(http://seoji.nl.go.kr)와 국가자료공동목록시스템(http://www.nl.go.kr/kolisnet)에서 이용하실 수 있습니다.
(CIP제어번호 : CIP2017004969)

(주)북랩 성공출판의 파트너

북랩 홈페이지와 패밀리 사이트에서 다양한 출판 솔루션을 만나 보세요!

홈페이지 book.co.kr	1인출판 플랫폼 해피소드 happisode.com
블로그 blog.naver.com/essaybook	원고모집 book@book.co.kr

『본 도서는 2017년 지역문화예술 특성화 지원사업의 일부 지원으로 제작되었습니다.』

 부산광역시 BUSAN METROPOLITAN CITY   한국문화예술위원회   부산문화재단 BUSAN CULTURAL FOUNDATION

조선낫에 버린 수필

창작
수필집

서태수

북랩 book Lab

작가의 말

당나귀 유혹하기

수필은 순리順理의 강물에 이는 역동逆動의 물결이다!

'붓 가는 대로 쓰기'의 수필은 실패했다.
긴밀 구성, 제재의 비유, 문예적 표현을 담은
탄력 있는 작품을 선보이고자 한다.

독자는 배부른 당나귀
내 작품에서
독자 유혹의 당근은 무엇인가?

있으면 있는 대로, 없으면 없는 대로
반짝이는 윤슬을 발라내면서
국어선생 평생 버릇의 직업병을 덤으로 얻었다.

2017. 봄. 청락헌聽洛軒에서

차례

1부 은퇴 수사자

빨래를 치대며

빨래를 치댄다. 어깨 출렁 엉덩이 들썩, 온몸으로 치댄다. 목줄띠에서 옮은 완고한 땟국도, 뱃가죽에서 눌어붙은 게으른 땟자국도, 발가락에서 밴 고리타분한 땟국물도 함께 치댄다. 머릿속에 남아 있는 꼬장꼬장한 생각도 치대고, 소파에 뒹굴던 꼬질꼬질한 몸뚱이도 치댄다.

인생살이와 빨랫감이 뭐가 다르더냐. 무릇 빨래란 비누 쓱쓱 문대어 이리 치대고 저리 비비고, 배배 틀어 물기 짜고, 탈탈 털어 까실까실 말려야 하는 법. 영웅英雄도 여세추이與世推移니 자립갱생自立更生이 필연이라. 긴긴 인생살이에 낡은 땟자국을 죄다 훑어내어야 이 늦은 나이에 재활용再活用이라도 되지 않겠느냐.

인생과 빨래의 함수관계! 이 위대한 순리順理를 이순耳順의 중턱에 걸친 오늘에야 드디어 실천한다. 결혼 후 36년 만에 처음 해보는 빨래. 해방이든 방임放任이든, 아니면 구속이든 새로운 공간에는 으레 혼란과 불안 후에 화려한 변신變身이 따르지 않더냐.

남편이란 참으로 묘한 동물이다. 집 안에서도 벽에 박힌 못의 개수는 낱낱 꿰고 있지만 아내의 살림 공간은 강 건너 불구경이었다. 집 밖이야 너른 공간의 춘하추동 작업 스케줄에 그 복잡한 공구창고, 쓰다 남은 철사 하나까지 명경지수明鏡止水로 환하지만, 아내의 좁은 공간은 첩첩산중 오리무중五里霧中이었다. 아내가 없는 오늘, 눈을 부릅뜨고 더듬어 보지만 냉장고도 싱크대도 옷장도 캄캄하다. 첫술에 배부르랴. 급한 불부터 꺼 나가자.

나의 빨랫감. 런닝, 팬티, 겨울 내복, 양말 세 켤레, 타월 두 장이로구나. 허리가 고장 난 세월이라 쪼그려앉기는 금물. 욕실 타일 바닥에 앉은뱅이의자를 엉덩이에 붙인다. 빨랫감이 담긴 세숫대야를 당긴다. 이미 엊저녁에 빨랫비누 칠을 해서 물에 퉁퉁 불려놓은 것들이다. 묵직하다. 자취생활 15년에 이력이 났던 솜씨. 팔다리를 걷어부치고 두 팔을 벌려 장수풍뎅이 같은 전사戰士의 자세를 취한다. 자못 엄숙해지려 한다. 학창시절과 총각시절, 먼 세월 저편의 아련한 향수에도 살풋 젖어본다. 겉옷은 숯을 담아 입으로 물을 뿜어가면서 다림질하던 시절이었다. 다리미 똥구멍으로 숯이 튀어나와 옷에 불구멍도 내었다. 하늘하늘 헤져서 앞트임 구멍이 절로 생겼던 검정색 광목 팬티도 뒤집어 널었다. 그땐 아랫도리 힘도 좋았지.

사흘 전, 보름 동안 - 어쩌면 스무날이 넘을지도 모를 일이지만 - 출산을 앞둔 며느리가 힘들어 해서 손주 돌보미로 아내가 상경했다. 전례 없는 긴 이산가족. 머뭇거리는 아내를 다독여 쿨cool하게 가라 했다. 아내는 냉동밥에 냉동 곰국, 냉동 갈비찜에 김치, 김, 멸치 등등을 한 끼씩 분량으로 준비해 두었다. 모임으로 외식이 잦으니 이만하면 충분하리. 속옷가지와 양말 등도 차곡차곡 챙겨 놓고 신신당부를 하고 갔다. 그러면서도 근심은 안방에, 걱정은 거실에 구석구석 깔아놓고, 대문간에는 애잔한 눈빛까지 걸쳐 놓고 올라갔다.

방임인지 해방인지 모를 묘한 사나흘이 지나 옷을 갈아입고 나니 생생한 삶의 현장이 눈에 보이기 시작한다. 널브러진 풍광 묘사는 생략하자. 먹는 것은 착착 줄어들어도 자동차로 뽀르르 달려나가면 해결된다. 게으른 싱글single들을 위한 먹이상품도 지천이다. 문제는 옷. 개어 놓은 속옷이 네 벌, 내의 바지 하나, 양말 다섯 켤레다. 차례로 입어가면 남이 못 보는 은밀한 구석이라 큰 문제는 없다. 모임에서도 향수는 그들이 뿌리고 올 테니 굳이 내가 신경 쓸 필요 없을 터.

그러나 꾀죄죄하게 살아도 열흘이 한계. 더구나 봄철, 너른 마당에 땀 흘릴 일도 많다. 그럼 땀 흘리는 작업 때는 입은 속옷을 또 입고 외출은 새 옷으로? 아님 속옷도 착착 사서 입어? 그러다 보름 동안의 속옷 빨래를 몽땅 모아두면? 염치도 유분수지. 이건 소가 웃고 개가 재치기를 할 일이다.

그렇다면 어차피 한 번은 빨래를 해야 한다. 컴퓨터나 스마트폰이야 기계치機械痴 아내에 비해 달인의 경지지만 세탁기 버튼은 '눈 멀 맹盲'이니 언감생심 불가능! 열흘쯤 미루어 산더미만한 빨랫감을 욕조에 처넣고는 가루비누 철철철 뿌려 발로 자근자근 밟는 간단명료한 방법도 있긴 하다. 티끌로 빠느냐 태산으로 빠느냐 그것이 문제. 곰곰 생각하니 남는 게 시간. 빈둥빈둥 뒹구는 것보다야 운동 삼아 티끌로 빨아서 입는 것이 나을 것 같다. 36년만의 작심作心이다.

실행 버튼 작동. 빨랫감을 엎어버리고 세숫대야에 런닝을 치댄다. 치댄다기보다는 두 손으로 비빈다. 아차, 손이 시리다. 방으로 달려가 목욕 버튼을 누르고 허리 운동을 하며 기다린다. 따뜻한 물에 젖은 섬유의 촉감이 보드랍다. 내 속옷을 빨 때 아내도 이런 정감을 느꼈을까. 내복을 집어 올린다. 입을 땐 몰랐는데 빨랫감이 되고나니 상당한 중량重量이다. 축 늘어진 내복바지를 들어 올려 보니 160센티의 내 키도 작은 키는 아닌 것 같은 착각이 잠시, 들다가도 이내 피식 웃는다. 세숫대야 안에서는 두 손으로 치대지지가 않는다. 손으로 비비자니 너무 길다.

　대충 빨아놓고 입기를 포기할까. 이미 매화도 활짝 피었잖아. 갈수록 따듯해질 텐데. 아니지, 보리누름에 중늙은이 얼어 죽어. 아직도 춘삼월 아니냐. 빨래하기 싫어 얼어 죽었다면 저승에서 어머님을 어찌 대면하리.

　빨래판! 그렇지, 이놈이 어디 있더라? 휘휘 둘러보아도 욕실에는 없다. 일어서니까 협착증의 허리가 뜨끔! 잠시 허리운동을 하고 다용도실로 간다. 세탁기 위에도 바닥에도 없다. 요즘 여자들은 빨래판을 안 쓰나. 대용품이라도 찾느라 뒤적거리니 구석진 선반에 네모난 녀석이 보인다. 노랗다. 꺼내보니 참으로 작은 플라스틱 빨래판이다. 덩치 큰 남자 발바닥만하다. 이 좁은 빨래판으로? 역시 아내는 나보다 기술이 월등한 모양이다. 빨래판을 세숫대야에 비스듬히 놓고 내복을 치댄다. 비누 쓱쓱 문지르고 두 손으로 척척 치댄다. 엉덩이가 들썩거리고 어깨가 출렁거린다. 덩달아 세숫대야도 덜컹덜컹 장단을 맞춘다. 유행가 '봄버들 나루터에 빨래하는 아가씨'는 아니라도 산자락 낡은 집의 컴컴한 욕실이다. 앞마당 늙은 내 매화나무에 봄볕이 따사롭겠다. 그렇지, 빨래는 이렇게 온몸으로 치대는 거야.

"자동세탁기가 빨래해 주는 동안 여자는 뭐 하는데?"

30년 전인가. 아내가 자동세탁기를 사자고 했을 때 내가 핀잔 섞어 던진 말이다. 아내는 이 말을 지금도 가끔 들먹인다. 내가 생각해도 무지와 편견의 고리타분한 땟국이 짜르르 배인 말이다. 이 뿐만이 아니다.

"1미터 앞에 있는 TV에 리모컨이 왜 필요한데?"

"전화기는 다이얼을 돌려야지. 버튼이 무슨."

실은 이보다 더한 말도 더러 했다. 나도 아내도 다 기억하고 있다. 가끔은 되씹으며 웃는다. 기가 막히는 말들이다. 꽝꽝 막혔던 세월 저편 생각의 편린片鱗들이다. 한 세대가 지나고 보니 모두 개풀 뜯어먹는 소리요, 김밥 옆구리 터지는 말씀이다.

생각이 바뀌기는 참 힘들다. 어떤 자상한 과학자가 여자의 빨래 노고를 덜기 위해서 세탁기계를 만들기로 했단다. 세탁 문화의 역사를 연구하니 동서고금이 비슷한 빨래 방법이었다. 많은 실패와 연구 끝에 최첨단 기술의 세탁로봇을 발명했다. 주인이 빨랫감을 주면 바구니에 담아 냇가로 가서 무쇠팔로 탕탕 치대면서 빨았단다. 값비싼 상품이었지만 드디어 여성들의 가사노동 해방! 그런데 기술력도 볼품없는 어느 기술자가 싼값의 통돌이 세탁기를 개발했단다. 세탁 개념의 혁신!

오랜 땟국에 찌든 나는 아직도 아날로그analogue. 아무래도 통돌이 세탁기 같은 생각의 혁신은 자신 없다. 다만 세탁로봇 정도까지는 육체의 변신이 가능하겠다. 그래서 오늘 빨래를 치댄다. 치대면서 머릿속에 남아 있는 꼬장꼬장한 생각도 치대고, 소파에 뒹굴던 꼬질꼬질한 몸뚱이도 치댄다. 지난날의 묵은 땟자국을 좍 훑어내어야 이 늦은 나이에 재활용再活用이라도 될 것 아니더냐.

세월은 짧고 인생은 긴 세상, 모레쯤엔 전기밥솥으로 화려한 변신變身을 해볼까.

※ [창작 노트] 읽기

• 필자의 수필 층위는 3단계로 설정

> 3. 제재 치환置換 – 제재를 상징적으로 변주한 시적 경지
> 2. 제재 각색脚色 – 제재를 비유적으로 변주, 혹은 제재의 재해석
> 1. 제재 윤색潤色 – 사실적 제재에 긴밀 구성법과 문예적 표현 가미
> 단, 모든 층위는 긴밀 구성법과 문예적 표현 가미를
> 기반으로 함

| 창작 노트 |

* 제재 각색

* 가벼운 내용이라 형식미 변주에 주력

* 구성

 - 화소의 효과적 배치에 유념
 - 서두에서 빨래의 중의적 의미 제시로 자기성찰
 - 독자 궁금증 유지 : 빨래하는 이유를 중간에 제시
 - '늦은 나이의 재활용再活用'이라는 내용의 수미상관首尾相關 구조
 - 마무리에 '세월은 짧고 인생은 긴 세상'이라는 역설로 장수시대 표현

* 표현

 - 언어유희 및 해학과 풍자로 흥미성 유인
 - 보조 화소(과거 경험담-자취, 신혼, 세탁기 발명 등) 삽입으로 다양한 시선 유도
 - 상징적 표현으로 정서 확장: '앞마당 늙은 내 매화나무에 봄볕이 따사롭겠다.'
 - 어조 : 독백적 구어체 및 서술부 생략 문장의 일상성

* 리듬

 - 경쾌한 낭독 미감 창출/ 3·4 음보를 혼용한 율문체를 부분적으로 구사/
 짧은 호흡의 단문/ 자문자답의 설의법/ 쉼표 등 부호 사용을 통한 효과

전자레인지 앞에서

전자레인지 회전판이 빙글빙글 돌아간다. 꽁꽁 언 곰국 덩어리를 안고 홍얼홍얼 잘도 돈다. 흐릿한 조명발에 소음 같은 전자음악. 곰국이 살살 녹아 은근한 맛을 내면 이 맛 저 맛 어울려 한 세상 한 끼 식사 금상첨화 아니더냐. 물레방아도 아닌 것이 실시리시르렁 실시리시르렁, 시름의 한세상을 홍겨이 돌아간다.

안고 돈다는 것은 스텝과 호흡의 완벽한 일치. 그렇지. 세상은 저렇게 이심전심으로 돌고 돌아야 홍야홍야 녹아내리는 것이려니. 음식이든 사람이든 단단하게 굳은 것들은 맞손 잡고 어울려 돌고 도는 가운데 발효醱酵되고 숙성熟成되어 삭기도 하고 익기도 하는 것 아니랴.

나는 지금 응급 싱글족. 오늘도 나의 저녁은 돌고 돌리는 해동식단解凍食單이다. 아내는 냉동 먹거리를 켜켜이 쌓아놓고 며느리 회복구완을 떠났다. 떠나면서 알뜰살뜰 자상히 일러주었다. 냉동국은 미리 꺼내어 녹인 다음 도자기그릇에 옮겨 담아서 전자레인지에 데우라고. 몇 분 정도라고 했을 텐데 그새 까먹어버렸다. 일회용 비닐그릇 해동은 몸에 해롭단다. 그런데 여태 한 번도 그리 못했다. 전기매트에 드러누운 채 배 위에 노트북을 올려놓고 글을 쓰거나 졸다 보면 밥때는 항상 한발 놓친 시각이라 정석대로 할 여유가 없다.

냉동 곰국과의 첫 대면은 쌍방 치열한 칼부림이었다. 일회용 비닐그릇에 담긴 얼음덩이 정도야 싶어 처음엔 가볍게 건드렸다. 옆구리를 이리저리 툭툭 쳐서 엎었다. 어르고 달래며 엉덩이를 톡, 치면 쏙! 하고 홀랑 벗어 알몸을 보여줄 줄 알았는데 아, 이 여자 한 고집 있데. 요지부동! 첫 대면이라 수줍어 그랬던가. 헤픈 여자가 아님을 직감하고는 주먹으로 내리쳐도 분리 불가의 일심동체다. 통치의 최후 수단은 완력이렷다. 결국은 칼, 가위를 찾아 비닐그릇을 찢기 시작했다. 온갖 용을 다 써서 질긴 비닐을 갈기갈기 찢었다. 이놈도 질세라 허연 얼음 핏가루를 흘리면서 영악한 저항이다. 내가 칼로 자른 비닐 끝을 뾰족이 세워 내 손바닥을 향해 앙탈을 부린다. 주먹만 한 엉덩이에 손톱같이 걸친 속옷까지 가로세로 다 찢고 나서야 알몸덩어리를 도자기 그릇에 담을 수 있었다.

이 겨울, 땀방울을 훔치며 돋보기를 끼고는 전자레인지 시간 버튼을 찾는다. 이 단순한 기기에 무슨 놈의 버튼이 열 개가 넘는다. 그냥 '시간, 작동, 스톱' 버튼 세 개면 될 것을 이리도 복잡하다. '기술자들이 별별 메뉴를 덧보태어 신제품으로 팔아먹는다.'던 공학도 아들 녀석 말이 생각난다. 3분을 데웠다. 지조 곧은 이 여자, 부릅뜬 눈알만 뭉개졌을 뿐 얼굴 형상은 여전히 완고한 고집덩어리로 버티고 있다. 다시 1분, 그리고 다시 2분…. 그러다 며칠 후, 문학강의 중에 이 얘기를 들은 여성회원께서 비닐그릇을 엎어 수돗물을 흘리면 냉큼 빠진다나. 그러고 나서 그릇에 옮겨 6분을 데우라고 일러준다. 사람이든 얼음이든 옷 벗기기는 역시 칼바람보다는 햇볕이 효과적이라. 이솝우화를 잊고 있었다니. 자고로 머리가 나쁘면 수족이 고생이라더니, 쌓인 경험은 훈장이렷다.

가끔 전쟁은 치르지만 전자레인지는 정말 고마운 기기器機다. 나는 따뜻한 음식을 좋아한다. 생선구이나 조리음식이 식어버리면 내 수저는 말없이 다른 반찬으로 향한다. 자취 생활 15년에도 밥과 국은 데워 먹었다.

전자레인지 회전판은 어느덧 흐물흐물해진 곰국덩어리를 안고 돌아간다. 국그릇 속에 근엄한 안방마님 같은 앉음새의 얼음덩이가 서서히 무너지더니 유리에 김이 서린다. 이어 조선솥 그 무거운 뚜

껑을 밀어 올리고 코끝에 스며오는 구수함! 저절로 눈이 감기며 아
련한 세월을 거슬러 온갖 추억의 냄새들이 왁자지껄 몰려온다. 돌
려서 익히는 게 어디 한두 가지더냐. 국화빵도 돌리고 솜사탕도 돌
리고 뻥튀기 기계도 돌린다. 돌리는 게 어디 음식뿐이랴. 바람개비
도 돌리고, 상모도 돌리고, 고스톱 화투짝도 돌린다. 잘못은 남 탓
으로 돌리고 영광은 내 덕으로 돌리고…. '돌리고 돌리다 보면 좋은
날 꽃피는 날도 돌아올거야.'라는 대중가요도 있거늘.

도는 건 또 힘이 되고 균형도 된다. 회오리도 돌고 돌아 상승하는
힘이 되고, 사계절이 돌고 지구가 돌고 태양계도 돌고 돌아 팽팽한
우주로 살아난다. 돌고 돌리는 능력! 인류 역사에서 생존 능력을
보장해준 것이 농업혁명이라면 생존의 효율성을 드높인 것은 돌고
돌리는 능력이렷다. 돌고 돌리는 원圓의 원리를 깨달음으로써 인류
문명은 도약을 시작했다. 멀리는 마차의 수레바퀴에서 가까이는 전
자칩의 제조와 무한한 정보검색에 이르기까지 모두가 돌고 돌리는
능력에서 비롯하렷다. 무엇이든 돌고 돌리는 것은 능력이요 힘이다.

나에게도 돌고 돌리기에 탐닉할 절호의 기회가 있었다. 내 중년
무렵, 그때는 돌고 돌리는 속칭 '발바닥 비비기'가 유행으로 번졌다.
내가 근무하던 학교에서도 중년의 남자 선생님들이 특별실에 모여
끼리끼리 무도舞蹈 연수를 주고받기도 했다. 많은 권유에도 불구하

고 나는 그 대열에 합류하지 않았다. 지나고 보니 이것은 불찰이었다. 지하에서 돌고 돌리고, 생활에서 돌고 돌리는 인생살이를 조금이라도 일찍 터득했더라면 나도 모가 닳고 깎이어 둥글둥글 수박 같지는 못해도 개똥참외 정도로는 원만해지지 않았을까.

그런데 이 발바닥 비비기도 지금은 은밀한 지하 무대에서 굴러나와 당당하고도 의젓한 스포츠댄스로 거듭났다. 여가 활용의 멋진 광명세계로 부활승천! 그때 온갖 눈치 보며 발바닥 비비던 사람들, 늘그막에 신바람 나겠다. 역시 인생살이는 돌고 도는 모양이다.

아무튼 돌고 돌리는 전자레인지 덕분에 끼니마다 따뜻한 식단이다. 일회용 식단이 풍성한 세상, 전자레인지는 특히 나 같은 응급 싱글족에게는 구세주다. 엄마 대신 아내 대신 전천후 식단 돌봄이다. 싸늘한 밥반찬을 빙글빙글 돌려 따뜻하게 데워주는 구세주. 구세주는 세상을 한켠으로만 보지 않는다. '둥글 원圓 가득할 만滿'의 구족具足한 마음으로 지구본을 빙글빙글 돌리면서 온 세상 구석구석을 동시다발적으로 다 본다. 부처님의 천수천안千手千眼도 하나님의 전지전능全知全能도 이래서 생겼으리. '돌려보다, 돌아보다, 돌보다'라는 어휘가 모두 돌고 돌리는 한 뿌리라, '돌보는 마음'이 어디 예사 정성인가.

요즘은 인간을 돌보는 성인聖人들이 몹시도 바쁜 세상이라, 돌고 돌리는 기기器機를 인간 스스로 만든다. 인공위성 쏘아 올려 지구

궤도에 돌려놓고, 세탁기도 돌리고 핸들도 돌리고, 소줏잔도 돌리고 엉덩이도 돌리고…. 하늘은 스스로 돕는 자를 돕나니. 돌고 도는 온갖 기기가 세상만사를 돌보는 가운데, 전자레인지 돌리고 돌려 진수성찬 펼쳐놓고 사람들은 행복에 겨우리니…. 전자레인지 만세!

[창작 노트]

* 제재 각색

* 구성과 표현
  • 화소 배치 및 표현미 창출로 문학성 확보
  • 제재의 의미를 돌고 돌리는 원[]의 원리로 심화 확장
  • 단순 기기의 내용이라 보조 화소들을 다채롭게 동원 : 종횡무진의 흥미
    성 제공
  • 소재의 여성적 비유로 익살
  • 해학과 풍자
  • 문장의 호흡과 리듬 : 짧은 호흡의 단문과 율문 구조
  • 어조 : 문장 호흡에 맞춘 경쾌미

해동 식단

빈약한 식사 탓일까, 아님 공허한 마음 탓일까. 아내의 '냉동 곰국'만 데워 먹으며 열흘쯤 지내자 문득 불고기가 먹고 싶어진다. 평소 우리 내외가 가끔 들르던 음식점으로 직행. 이른 시각이라 조용하다. 창가 맨 구석 자리에 앉는다. 채소가 넉넉해 푸짐한 식탁. 도우미를 그냥 보내고 혼자 앉아 지글지글 자글자글 고기를 뒤적이며 상치부터 덥석 문다. 사람의 입맛은 본능적인가. 평소 시큰둥하던 채소가 이렇게 입에 당기다니. 그러고 보니 나홀로 식사에 채소 먹을 일이 없었네.

밖에는 봄햇살이 화창하다. 오랜만에 맛보는 즐거움! 창밖에 펼쳐진 봄빛에 맛과 향을 함께 음미吟味하며 사색의 여유를 누리고 있는데 중년의 여사장님이 맞은편에 가만히 앉는다.

"죄송해요. 혼자 쓸쓸히 잡수시는데… 제가 진작 못 봐서 그만…."
"아, 괜찮아요."
"오늘은 혼자 오셨네요?"
"아, 네. 마누라가 도망을 가버려서."
"저런, 어쩌나. 평소에 좀 잘해 주시지 그랬어요?"
"…!"

아이고, 농으로 던진 말에 솜사탕 홍두깨다. 지당하신 말씀. 암, 있을 때 잘해야지. 문득 떠오르는 송강의 시조 한 소절. '지나간 후이면 애닯다 어이하리.'

아무튼 '나홀로 외식'은 참 겸연쩍다. 역시 내 집에서 하는 식사가 마음 편하렷다. 그래서 오늘은 아예 시장을 보기로 작정. 보름 일정으로 며느리 회복구완차 올라가면서 아내가 미주알고주알 신신당부를 적어 켜켜이 장만해 놓고 간 음식도 얼추 동이 났다. 동네 어귀 작은 마트에 들른다. 문화원 강의차 다녀오던 길이라 넥타이 정장차림으로 바구니를 드는 품새가 어색하긴 하다. 허나 체면이

밥 먹여주는 것은 아니잖아. 까짓 안 먹고 사는 사람 있나 싶어 그냥 들이밀었다. 이번엔 누가 물으면 마누라 심부름이라고 하지 뭐.

정보 수집차 한 바퀴 빙 둘러보았지만 진열 구조가 머릿속에 잡히지 않는다. 몇 바퀴를 돌면서 시장을 본다. 즉석밥 6개들이 한 묶음, 구운 김, 상치, 간식용으로 오이와 피망 각각 두 개씩, 후식용으로 딸기와 밀감도 바구니에 담았다. 정육코너에서 물었다.

"돼지 수육을 전자레인지에 익히면 안 되나요?"
"겉이 타서 못 먹을 걸요."

겉이 타? 냉동식품 해동은 안 그런데? 내 생각엔 될 것 같은데? 이담에 실험을 해봐야겠다. 그냥도 익혀보고, 뚜껑 덮고도 익혀 보고, 물에 담가서도 익혀 보고.

과자코너에서 한참을 서성인다. 영양, 당도, 비만, 분량, 가격 등등이 머릿속을 스친다. 현대인은 다양한 선택 앞에 서서 망설이는 존재다. 이른바 선택 콤플렉스complex. 결국 만만한 새우깡만 하나 담는다. 과자봉지가 정말 크다. 제빵코너에서 조식용朝食用 식빵과 큰 우유 한 통을 담으니 묵직하다. 장보기 끝. 문을 나서다 문득 생각난다. 물티슈! 행주는 참 성가시거든. 가다가 김사장 식당에서 오리탕만 사면 며칠은 든든하겠다.

식탁에 앉아 오리탕 한 마리를 시켰더니 눈이 휘둥그레지며 '선생님 혼자 다 못 잡숴요. 반 마리로 해드릴게요.' 한다. 내가 아내 얘기 했더니 웃는다. 냉동 보관이 되도록 봉지봉지 싸 주겠단다. 역시 부자 될 심성心性이야.

그동안 제법 이력이 붙은 나의 홀로서기 생존력. 모임이 없는 날은 마른걸레처럼 빈둥거리던 하루 일과도 이젠 강둑을 걸으며 햇볕을 쬐는 시간을 누리게 되고, 맥주 안주같이 메말랐던 식단도 제법 촉촉한 메뉴 계획이 잡혔다.

비록 해동식품들이긴 하지만 오늘은 그럴듯하게 차린 풍성한 점심 밥상이다. 아무렴, 이만하면 진수珍羞는 아니지만 성찬盛饌임에는 분명한 식탁이렷다. 해동시킨 밥과 오리탕, 김치, 김, 마른멸치, 고추장, 상치, 쌈장은 어디 있는지 모르겠다. 내가 상치를 먹게 되리라 예상을 못한 아내가 일러주지 않았거든. 후식으로 먹을 딸기 몇 개와 밀감 두 알. 나중에 빈둥거리며 맛볼 간식으로 피망 반 토막과 오이 1/3 토막, 새우깡, 생수 2리터짜리 한 통.

밥상 차리는데 10분이 채 안 걸렸다. 돈도 시간도 아주 경제적이다. 전기매트 위에 깔아놓은 이불 위에 밥상을 놓는다. 밥상이 쏟아지지 않게 이불을 살며시 제치면서 엉덩일 집어넣으니 전기매트 열기가 뜨뜻하다. 밥상 양쪽으로 가랑이를 쫘악 벌려 다리를 쭉 뻗는다. 이불과 밥상을 한꺼번에 끌어안는다. TV를 켠다. 밥 먹을 때

너무 조용하면 불안하거든.

창을 향해 몸을 비틀어 줄을 당기자 커튼이 활짝 올라간다. 방 안에 햇빛이 와르르 쏟아진다. 바깥에는 몰려든 봄이 와자하다. 겨울 강추위로 예년보다 늦게 핀 매화와 산수유엔 아직 동장군冬將軍의 끝자락이 묻어 있다. 아내가 서울 갈 무렵 우듬지 아래 마음 급한 녀석만 몇몇 옷고름을 풀었던 백목련은 그새 모두 적삼을 활짝 풀어헤쳤다. 목련은 참 쉽게 헤퍼진다. 저런 꽃은 꽃샘추위 한 방에 온몸이 녹아버린다. 염기艶氣 경쟁에 대문 어귀의 벚꽃도 화사하게 끼어들었다. 그 아래 자두꽃도 하얀 별무리로 수줍게 떴다. 이 좁은 마당에 2, 3, 4월이 한꺼번에 다 몰렸다.

자, 눈요기 좋이 했으니 이제부터 성찬을 즐겨볼까. 반찬 그릇들이 참 편리하게 되어 있다. 뚜껑을 열고 적당히 먹고는 그대로 닫아 냉장고에 넣어두면 된다. 비록 해동解凍 음식들이지만 옛날 자취 생활에 비하면 황제의 식단이다. 자취생활 15년에 산전수전 공중전山戰水戰 空中戰까지 다 쌓은 실력 아닌가. 오리탕, 내가 제일 좋아하는 국. 입맛을 다시며 국사발을 당기는데 지난 열흘 동안 주고받은 아내의 목소리가 밥상 언저리를 맴돈다.

3일째 : "영양실조 걸리지 않게 잘 챙겨 먹어요."

5일째 : "방안에만 있지 말고 운동도 좀 해요. 폐인廢人 될라."

7일째 : "생각보다 씩씩하게 잘 살아가네."

어제 : "혹시 마누라 없어도 되는 것 아니야? 어쩐지 좀 슬슬 불안해지는데!"

혼자 떠들어 쌓는 TV에는 어느 시골마을, 새 잎이 돋기 시작한 500년 팽나무가 화면 가득 클로즈업close-up 되고 있다. 몸도 마음도 싱그러운 봄이다.

[창작 노트]

* 제재 윤색

* 구성과 표현

    신변잡기적 사연을 엮어 홍미 위주로 씀

    사건들을 재구성하여 화소를 탄력적으로 배치

    다양한 화소의 연결고리 : 한 줄 띄우기 문단 행갈이를 많이 함

    사건의 단순 나열 탈피를 위해 서정적 계절 분위기를 간헐적으로 삽입

    경쾌미를 위한 어조 사용 : 단문, 서술부 생략, 독백체 등 다채로운 표현

    마무리에서 500년 팽나무를 통해 노년의 회춘을 암시

밥상과 식탁

밥상은 어머니의 손맛으로 차려내고, 식탁은 아내의 정성으로 마련한다. 과거완료형인 어머니의 밥상에서는 언제나 그리움이 묻어나고 현재진행형인 아내의 식탁에서는 오늘도 행복이 번져난다.

밥상과 식탁은 둘 다 사랑이 주재료主材料이다. 밥상의 재료는 텃밭에 풍성하고, 식탁의 재료는 냉장고에 넉넉하다. 어머니는 부엌문턱을 넘나들며 풋것들을 캐어와 밥상을 차리고 아내는 주방을 맴돌며 영양가를 계산해서 식탁을 마련한다.

부엌이든 주방이든 여인네들의 공간은 항상 만원이다. 어머니의 부엌에는 시시때때로 불청객들이 기웃거린다. 마당을 뛰놀던 조무

래기들이 누룽지 조각을 찾아 문턱을 들락거린다. 복슬강아지도 코를 킁킁거리며 부지깽이 끝에 얼쩡거리고, 닭들도 덩달아 문턱을 넘어들다 신발에 얻어맞기도 했다. 그래도 부엌 입구에 수북이 쌓여 있는 땔감 사이에서 어른들 몰래 달걀을 발견하는 뜻밖의 소득도 있었다. 가슴 콩닥거리는 선물이었다. 구석에는 큼직한 물드무가 점잖게 앉아 있고 맞은편 부뚜막에는 겨우내 온기가 가시지 않는 무쇠솥이 조왕신처럼 자리하고 있었다. 기둥도 서까래도 연기에 그을려 세월의 흔적을 새까맣게 둘러썼다. 고추당초만큼이나 매운 시집살이보다 더 메케한 아궁이 연기에 눈물깨나 훔쳤을 어머니였다. 키 작았던 어머니는 이 부엌에서 까치발로 서서 살강을 뒤적거려 그릇을 꺼내셨다. 그때마다 어머니의 버선 뒷볼 뒤꿈치가 하얀 고무신에서 삐져나와 옴씬거렸다. 발이 참 작았던 어머니.

　주방은 아내의 전용공간이다. 아내의 주방은 깔끔하게 정돈되어 있긴 하여도 역시 만원이다. 가장자리에는 크고 작은 온갖 전자기기들이 하루 종일 눈을 뜬 채 반짝거린다. 각종 주방기계들이 일손을 대신하는 편리한 세상. 이것은 새벽부터 쉬지 않고 바장이던 우리 어머니의 아들딸들이 열심히 공부하고 연구해서 발명한 덕택이다. 그래서일까. 아내의 세월에도 변하지 않은 것이 하나 있다. 밥솥의 신호. 무쇠밥솥이든 전기밥솥이든 밥이 끓고 뜸을 들이는 시각에는 한결같이 추억의 증기기차를 몰고 온다. 밥이 절정에 이르면 무쇠솥은 소댕이 들척거리며 기적소리를 내었다. 그 향수를 잊지 못하는 아내의 압력밥솥도 추를 흔들며 칙칙폭폭 증기기관차 소리를 낸다. 이것은 어쩌면 어머니의 밥상에 대한 그리움이 그 아들딸들의 뇌리 깊숙이 스며 있기 때문인지도 모르겠다.

어머니의 밥상은 온 식구 오순도순 둘러앉는 두레상이었다. 대가족의 한솥밥이었다. 쥐코밥상의 단촐한 차림이지만 고봉밥을 담았다. 기와깨미로 반질반질 닦았던 놋그릇은 곧 어머니의 품격品格이었다. 숟가락 부딪는 소리가 맑게 들리던 밥상. 밥상머리교육이 이루어지던 두레상의 음식들은 모자랄 것 같으면서도 언제나 남아돌아, 눈치 슬금슬금 보며 밥그릇 밑바닥을 긁적이던 꼬맹이들의 숟가락에 마지막으로 얹혀졌다. 이밥에 고깃국은 꿈에나 그리던 시절, 꽁보리밥을 열무김치에 말아먹으면서도 아이들은 무럭무럭 잘 자랐다.

어머니의 밥상에서 느끼는 향수의 백미白眉는 숭늉이다. 노릇노릇 눌어붙은 누룽지를 무쇠솥의 은근한 불기운으로 끓인 숭늉은 입으로 후후 불면서 후루룩 마셔야 뱃속이 시원해진다. 식후에 과일이나 커피에 입맛이 길들여진 한국인이라도 숭늉을 마다하는 사람이 있을까. 어머니의 젖빛 같던 숭늉. 안개 낀 강의 먼 상류로 흐릿하게 사라져 버린 유년幼年의 강마을로 향한 아쉬움…. 그래서 어머니의 밥상은 서러움이기도 하다.

식사를 끝내고서도 무언가 허전한 마음에 따뜻한 국그릇을 두 손으로 움켜쥐고 의자에 앉았노라면, 숭늉을 마시던 어머니의 밥상이 환영幻影으로 다가온다. 하얀 무명옷에 허리 굽어지고 머리 희끗하던 어머니. 물길 거슬러 세월의 저편을 더듬어 보면, 고향 밭두렁에는 백학白鶴 한 마리가 항상 몸을 엎드리고 있었다.

이제는 나의 강물도 하류에서 머뭇거리며 허위허위 흐르는 계절. 저물어가는 석양을 바라보며 터벅터벅 집으로 들어서니 긴 그림자가 앞서서 대문을 연다. 무심코 거실로 들어서는데 문득 식탁 앞에 어머니가 돌아서 계신다. 희끗희끗한 머릿결, 좁은 어깨, 구부정한 허리가 여전하시다. 깜짝 놀라 자세히 보니 어머니를 닮은 아내가 서 있다. 삼십여 년을 새색시로만 각인되었던 아내도 세월에 절어가면서 어머니로 변해 가는가.

그리고 보니 아내의 식탁도 어느덧 어머니의 푸근한 밥상으로 차려져 있는 저녁이다.

[창작 노트]

* 제재 각색

* 주제를 '어머니의 밥상'으로 제한한 청탁 원고

* 구성과 표현
  상이한 두 제재를 대응하여 비교, 대조, 대구법 활용
  두 요소의 공통점과 상이점을 비유적으로 부각
  어머니 밥상에 대한 아련한 회상 삽입

  어조 : 따뜻한 분위기와 율격미
  어머니와 아내의 주방 정서 조명
  소재의 특징에 대한 시적 묘사로 문학의 서정성 확보
  문장 표현은 평이하고 편안한 호흡으로 일관
  마무리에서 연륜 깊은 아내를 어머니와 오버랩

은퇴 수사자

나는 이제 늙은 수사자다. 관리를 잘해 아직은 이빨이나 발톱이 다 빠지고 닳아버리지는 않았지만 굳이 이들을 쓸 일도, 필요도 없는 은퇴 수사자다.

지금은 평생 마련한 나의 평화로운 초원의 울타리 복판에서 쭉 늘어져 느긋하게 쉬고 있다. 과거에는 울타리만 지킨 세월은 아니었다. 약육강식의 치열한 밀림에서 가족 부양을 위한 사냥도 끊임없이 겸했다. 비가 와도 눈이 와도, 바람이 불어도 얼음이 얼어도, 천근만근 몸이 무거운 것쯤이야 무슨 대수였으랴. 달아오르는 신열에 봉지봉지 약을 손에 쥐고도 사냥터에는 출동해야 했다. 어럽사리 확보한 나의 사냥터를 지키는 일도 쉬운 것은 아니었다. 나의 사냥터는 온 식구의 밥줄이기도 했지만 다행히도 나의 정체성을 확인하는 곳이기도 했기에 포기란 생각할 수 없었다. 삼십여 년 지나 여유로운 나의 초원을 확보하여 은퇴식을 치렀다. 그리고 이 한여름을 길게 드러누웠다.

무료한 여름 오후, 느티나무 그늘에서는 여름의 아랫도리에 딱 달라붙은 참매미가 가을빛 댕기머리를 길게 끌어당기고 있다. 암사자도 한가롭다. 우리는 은퇴한 부부사자다. 약육강식의 정글에서 벗어났다. 하루 종일 아니, 몇 날 몇 달을 빈둥빈둥 뒹굴고 있다. 평생 처음으로 길게 맛보는 여유로움이다. 지난날 나의 사냥터는 한 시간 단위로 출동하는 밀림이었기에 내 평생 가장 자주 확인한 것이 시계다. 은퇴 후의 나의 초원에는 달력과 시계는 액세서리accessory에 불과하다. 해도 구름과 뒹굴며 놀다 뉘엿뉘엿 기운다.

저녁 무렵, 평안한 초원에서 부엌으로 들어서는 암사자가 기운이 없어 보인다. 자세히 보니 눈자위에 다크써클dark circle이 드리웠다. '무슨 고된 일이 있다고?' 싶어 시큰둥하게 물었다.

"눈알이 왜 퀭~ 한데?"
"직장에서 퀭~ 할 수도 있지."
"무슨 직장?"
"집안 살림."

"응? 밥 안 하는 아내 있나?"

"그러니 은퇴가 없지."

아차! 순간, 30여 년이 파노라마처럼 스쳐간다. 신혼 - 육아 - 교육 - 식사 - 빨래 - 청소…. 우린 은퇴 부부가 아니었다. 단지 나만 은퇴한 수사자였다! 그렇구나.

홑벌이 가정의 수사자는 경계근무도 서지만 사냥이 주임무다. 맞벌이 사자 부부와 달리 홑벌이 수사자의 사냥터는 배수진背水陣의 밥줄이다. 수사자가 사냥터에서 승리해야 전 가족이 살아남는다. 울타리 안은 당연히 암사자의 몫이다. 사회적 역할분담이 명료했다. 친절한 수사자는 이따금 암사자의 털을 골라주기도 하겠지만 어디까지나 간헐적 서비스다. 그러다 새끼들이 새로운 정글을 향해 독립가를 부를 즈음 수사자는 이빨이 빠지고 발톱이 닳아 은퇴를 한다. 준비된 은퇴는 곧 휴식이고 여유다.

그런데 뜻밖에도 은퇴 없는 직장이 있었다. 평생직장이다. 무심하게 여겼던 암사자의 직장! 그는 지금도 눈알이 퀭~한 채로 '직장생활' 중이다. 육신이 병들기 직전까지 변함없는 노동이다. 게다가 늙은 수사자의 은퇴는 같이 늙어버린 암사자의 노동을 증가시킨다. 그렇다고 가사노동을 수사자와 반분半分하는 문화는 경험상 어렵다. 외식을 하거나 띄엄띄엄 거들어 준다고 해결될 문제도 아니다. 더구나 정글에서 평생 투쟁해온 늙은 수사자가 아닌가. 암사자로서는 자칫 긴 세월 사냥으로 인해 지치고 병든 수사자의 수발도 들어야 한다. 수사자가 불행의 혹덩이가 될 수도 있다.

나는 아내에게 어떤 수사자인가를 생각하게 된다. 그래서 암사자는 어떤 은퇴의 여유를 누리는지를 마음먹고 살펴보았다.

아주 평범한 어느날, 암사자의 오전 동선動線을 주시했다. 8시부터 12시까지 네 시간이다. 우리 내외의 아침식사는 떡과 과일을 차에 곁들인 간편식이다. 차를 달이든 원두커피를 내리든 이들은 노련한 암사자의 역할이다. 조식 후에는 빨래를 삶으면서 다용도실을 들락거리며 뭔가 끊임없이 부스럭댄다. 빨래 넌다고 두어 번 현관을 나섰다. 간간이 뭔가를 기다리는 듯 의자에 앉아 있기도 한다. 30분쯤 의자에 앉아 속옷가지를 만지작거린다. 그러고는 점심 준비다. 점심은 카레라이스다. 내가 보기에 온전한 휴식은 거의 없는 것 같다. 그렇다고 특별히 뭔가를 한 것 같지도 않다. 그냥 어슬렁거리는 듯 움직이면서 아내는 이 네 시간 중 세 시간을 서 있었다. 오후 시간은 좀 여유로울까. 나의 암사자에겐 은퇴란 없었다.

새 시대, 가족 구성의 새 바람도 이미 불었다. 현대 가족문화는 고양이과의 독립적 본성을 추구한다. 당연히 캥거루족을 거부한다. 장성한 새끼사자는 저들만의 정글을 개척하고, 새끼의 새끼들도 저들의 몫이다. 들개 리카온 무리처럼 육아 전담을 대가로 하는 부모 봉양도 낡은 버전version이다. 더구나 손주 육아에서 은퇴 수사자는 역할이 별로 없다. 사실상 할머니 사자의 전담이 된다. 여성은 나이 들수록 용맹스러워진다고 하지만 이미 늙어버린 할머니다. 손주는 안고, 보듬고, 업으며 길러야 하는데, 낡아버린 허리, 어깨, 다리, 관절 등은 왜각대각 마른 석회 뭉치다. 손주 장성 후에 더 늙고 병들면 자식이 아무리 반포조反哺鳥를 닮아 까옥까옥 노래하고 싶어도 안 되는 사회 구조다. 부모나 자식 모두에게 불행이다.

둘이서 꼭 같이 어딜 다녀와서는 모두 피곤한데도 아내는 무슨 일을 하려는지 먼저 부엌으로 들어간다. 이따금 텃밭에서 같이 작업을 하고서 나는 씻고 쉬는데도 아내는 부엌으로 들어간다. 그냥 적당히 해 먹으면 될 것도 같은데 '오늘은 뭘 해 먹지.' 하고 고민을 한다. 암사자의 관리 공간을 눈여겨 살펴보니 시시콜콜한 살림이 내 뒤통수 머리카락보다 많이 쌓여 있다. 그중에서도 특히 밥을 짓고 설거지를 하는 일은 홑벌이 수사자의 배수진 사냥이나 다를 바가 없는 절대 필요 노동이다. 그만큼 밥하기가 암사자에게는 중요하다. 이런 일을 몇 십 년째 변함없이 하고 있다. 때로는 밥하기가 참, 싫겠다는 생각이 든다.

은퇴한 수사자는 의자에 몸을 깊이 파묻은 채 세월에 닳아 헤진 암사자의 구부정한 어깨를 바라본다. 부엌 벽찬장 문고리에 척 걸쳐놓은 젖은 행주치마 같다. 가스레인지에 불을 켰는지 한 줌 열기가 훅- 하고 이마 끝을 스쳐간다. 매미는 여전히 느티나무 그늘에서 늘어지게 놀고 있다.

[창작 노트]

* 제재 각색

* 구성과 표현

- 서술형의 지루함 제거를 위한 대화체 삽입
- 수미쌍관 구조
  - 7년여를 땅속에서 각고刻苦한 매미의 상징성 부각
  - 마무리에서 바쁜 암사자에 대비되는 매미의 여유를 제시
    서정성 확보를 위해 교술적 내용을 비유적으로 변주
  - 부분적 소재들의 비유적 치환

* 사족

- 이 글의 주체를 '나와 아내'로 바꾸는 순간 신변잡기!

2부

강생이 어르기

강생이 어르기

'불매 불매 불매야, 어허둥둥 내 강생이. 왼발 들고 오른발 들고, 고개 들고 꼬리 세우고. 옳지 잘한다, 내 강생이!'

양쪽 겨드랑이를 붙들고 곧추세워 흔들면 강아지도 신이 나는지 하얀 꼬리를 살랑살랑 흔든다. 이제 한 달 된 쫄래둥이 다섯 마리. 마주보는 눈빛이 해맑은 흑진주다. 복숭아 꽃잎 같은 앙증스런 콧잔등, 보들보들한 솜털뭉치. 이리저리 궁글리면서 어르고 놀기에 딱 알맞은 개월 수로, 손주로 치면 돌잡이들이다. 내 강생이 오르르 까꿍!

"불매 불매 불매야 이 불매가 뉘 불매고 내 강생이 꽃불매지."

칠남매 아들딸을 한 번도 안아주지 않으셨다는 아버지께서도 손주 앞에서는 무거운 체통을 내려놓으셨다. 조선 안방마님 같던 어머니도 '어이구, 내 강생이!'를 입에 달고 계셨다. 강생이는 강아지의 경상도 사투리. 돌을 갓 지나 재작재작 걸음마를 배우면서 강생이들은 할아버지 앞에서는 불매를 해달라고 두 팔을 벌리고, 할머니 앞에서는 조막조막, 진진을 같이 하자고 손바닥을 내밀었다.

나도 그때의 부모님 나이. 점잖으신 부모님께서는 방 안에서 손주들과 노셨지만 나는 마당에서 내 강생이들을 어른다. 오글오글 모여 노는 잡종 흰둥이의 새끼들. 유연성이 좋아 여간 무디게 주물러도 다치지 않고, 떼를 쓰거나 울지도 않는다. 잠시 한눈파는 사이에 다칠 일도 없다. 촌수寸數가 한 치 건너뛰어 조심스런 손주와 달리 내 맘대로 해도 되는 내 전용 노리개들. 아비는 애당초 코빼기도 안 보이고, 어미는 나에게 맡겨놓고 동네마실 나가면 가물치코다. 제 어미 아비의 눈치 볼 일도 바이없고, 병날까 걱정할 일도 없다. 데리고 놀다 싫증나면 마당에 두면 그만. 저들끼리 가댁질을 하면서 잘들 논다.

내가 마당으로 나서면 우르르 몰려온다. 말은 못해도 '우리 할배, 두목 할배' 꼬리를 치며 발등을 핥는다. 서로 다가오려고 저들끼리 발에 밟히고 깽깽거리고 뒹굴고 야단법석이다. 먹이를 주어보면 암컷 네 마리는 눈치도 빠르고 영리하다. 딱 한 놈, 잠지가 달린 놈은 몸매는 당당해도 어수룩하다. 역시 짐승도 여식애가 철이 빠른가. 잘 뛰지를 못해 작은 자갈에도 앞발이 걸려 곧잘 넘어지는 콧방아 쟁이도 있다. 배가 부르면 남는 힘을 부리고 싶어 내 바짓가랑이를 물고 발딱거린다. 한시도 가만있지를 못한다. 서로 엎치락뒤치락 말 롱질을 한다. 저들끼리 서로 물고 당기고 놀다 아망이 나면 제법 아 르렁! 온몸을 던져 싸운다. 그래 잘들 논다. 뉘 집 없이 아이들이란 다투면서 자라느니.

이빨이 자라나면서 잇몸이 간지러워 종이나 비닐조각을 붙들고 물어뜯는 꽃쌈놀이를 한다. 온 마당이 하얗다. 일일이 밉둥을 피우 며 휘돈다. 그럴 때면 '이놈들, 이리 오너라.' 헛고함을 지른다. 희한 하게도 저 어린것들이 내 야단치는 건 안다. 종잇조각을 물고 도망 다니는 뒤를 쫓으면서 치다꺼리를 한다. 붙들리면 세워놓고 불 매다.

불매 불매 불매야. 이 재미있는 놀이의 깊은 뜻을 네놈들이 어이 알리. 걸음마 배우는 철이라 몸의 균형도 잡히느니. 단군시대부터 내려오는 육아育兒 동작법 아니더냐. 조상님의 지혜와 철학이 담겨 있느니라. 둥개둥개 가동질을 하면 새까만 눈알로 빤히 쳐다본다. 코를 맞대면 젖내가 고소하다. 길짐승이라 선 채로 불매가 힘겨운 가. 싫증이 나면 다리에 힘을 빼고 엉덩이도 뒤로 빼면서 주저앉는다. 그래, 관둬라. 네놈 아니라도 내 강생이는 얼마든지 또 있다.

곁에 붙어 깔짝거리는 놈을 일으켜 세운다. 자, 이제 조막조막 진진이다. 아이고, 콧물 흘렸네. 옷깃으로 대충 닦자. '휑-' 하고 코 풀어라. 옳거니. 경상도식으로 해 보자, 조막조막 진진. 잘도 한다, 내 강생이. 서울식으로 해보자, 곤지곤지 잼잼. 전라도식으로도 해보자, 지게지게 쳠쳠. 손바닥 자극하여 오장육부도 지압하는 조막조막 진진이다.

낯가림이 없이 아장아장 걷는 이쁘동이들. 모두 털이 짧은 쌀강아지들이다. 온 마당이 녀석들의 소꿉놀이터다. 집 안에 활기가 돈다. 서로 즐겁다. 꼭 깨물고 싶은 녀석들. 주무르며 놀다 보면 나머지 녀석은 새록새록 잠을 잔다. 아늘아늘한 배가 볼록거리면서 새근새근 숨소리가 들린다. 연분홍 뱃가죽에 좁쌀만한 젖꼭지가 열 개나 맺혀 있다. 옹알옹알 입맛도 다신다. 개잠이라더니, 몸을 웅크리고 아랫도리에 코를 처박아 잔다. 그런데도 네 다리를 활개치고 나비잠을 자는 별난 놈도 있다.

한 놈이 실눈을 뜬다. 그래 다 잤구나. 이리 오너라. 짝짜꿍 놀이를 하자. 짝짜꿍짝짜꿍. 옳지 잘한다. 손뼉 치며 노래하고 춤추는 놀이에 오장육부가 튼튼해지느니라. 도리도리도 해보자. 머리를 좌우로 돌려 목운동도 겸하느니.

많이들 자랐구나. 네놈들 태어난 아침, 한눈에 척 보아도 핏줄은 알겠더구나. 절반은 친탁이요 절반은 외탁이라. 점점 자라면서 더욱 또렷해지는구나. 저 뭉툭한 코 좀 보래. 어찌 저리 제 아비일꼬. 도톰한 입술은 제 어미를 쏙 빼닮았네. 털빛도 고루고루 섞였구나. 아무렴, 그래야지. 친가 외가 어울려서 한 식구로 지내야지. 시집, 장가 가더라도 시댁이든 처가든 쥐 풀방구리 드나들듯 사는 세상 아니더냐. 얼굴이 멀어지면 마음도 멀어지느니. 먼 동네 보내지 않고 삼이웃에 분양하마. 변소와 사돈댁은 가까울수록 편하니라.

문득, 자던 놈이 벌떡 일어나 바깥을 내다보고 '옹옹' 짖는다. 누워 있던 놈들도 덩달아 '공공!' 짖어댄다. 아이고, 내 강생이! 하마 밥값들 하는구나. 동네방네 벗님네들, 내 강생이 한번 보소. 두 달도 안 된 것이 하마 벌써 짖는다오. 아무렴 뉘 새끼라고. 우리 강생이들이 타고난 천재로고. 이곳저곳 수소문해 영재교육 시켜야겠다. 고양이 모셔 와서 외국어도 배우고, 얼룩소 외양간에 그림도 그려 보고, 종달새 선생 만나 노래도 배운 뒤에, 딱따구리 둥지 찾아 피아노도 등록하자.

내 품을 떠나거든 제 타고난 개성 따라 특기대로 잘 살거라. 종이 물고 노는 너는 과학자가 되겠구나. 꽃잎 뜯고 앉은 너는 예술가로 자라겠네. 판검사 되려거든 물지 않는 인품 되고, 정치가 되려거든 짖지 않는 인물 되라. 명품입네 뽐내는 헛것들 닮지 말고, 먹이 앞에 꼬리치는 애완견 되지 말고, 주인 향한 일편단심 변함없이 지

니거라. 못된 인간 많은 세상, 사람 닮으려 하지 말고, 이 세상 구석
구석 도둑 없이 살게 해라. 잔병치레 하지 말고 무럭무럭 자라거라.
어허 둥둥 내 강생이.

[창작 노트]

* 제재 각색

* 창작 의도

  • 노골적 손주 이야기는 식상
    - 강아지로 대체함으로써 중의적 재미 유도
    - 중반 이후는 손주 육아 경험담을 변주
  문장의 유려流麗한 호흡과 경쾌한 리듬에 주안점

* 구성

  • 독자 유인을 위한 화소話素의 효과적 배치
  • '고개 들고 꼬리 세우고'라는 강아지 이야기를 서두에 제시
    - 식상한 손주 이야기가 아님을 각인

* 제재 비유

  • 두 제재 사이를 자유로운 연상수법으로 시선 왕복
  • 현대 사회의 육아, 혼인, 사회모순 등을 해학, 풍자

* 문체 - 짧은 문장을 자주 사용함으로써 경쾌한 분위기 유도

* 어휘 - 강아지 및 육아, 어린이 관련 고유어를 발굴 사용

* 어조 - 유희적 분위기 유지

* 리듬 - 노인의 서정과 육아놀이에 맞추어 부분적 4음보 율감

* 호흡

  • 내용에 호응시켜 문장의 장단을 대립시킨 긴장과 이완
  • 특히 마지막 부분에는 세속 풍자의 의미도 가미
    - 가사체의 4음보 율격으로 음영吟詠

빼도 박도 못하다 (1)

빼도박도 못하는 황당한 상황이 눈앞에 펼쳐졌다. 이런 불미不美
스러운 말을! 빼도박도 못하다니. 말뜻을 곰곰 생각해보면 점잖은
자리가 아니라도 입에 올리기 정말 난감한 말이다. 열이 오른 남녀
가 이제 막 시작하려는데, 여자의 남편이 들이닥쳤으니. 점잖게, 포
괄적으로 말하면 진퇴양난이겠지만 지금의 이 경우는 영락없이 빼
지도 박지도 못하는 안성맞춤 상황이다.

우리 내외가 조용한 산골집에 앉아 차를 마시고 있는 아침나절
이다. 시꺼먼 뻐꾸기가 뒤쪽에서 울다 머리 위로 날아간 다음, 무
슨 신음 같은 소리가 긴가민가 느껴지는 순간

"어어! 저놈들 사고 치는가 보다!"

차를 따르고 있던 아내의 놀란 소리에 후다닥! 현관문을 열고 나섰다. 허나, 아뿔싸!

이미 탐색전도 업음질도 끝나 두 녀석의 엉덩이가 맞붙어버렸고 머리만 각각 동서로 향해 있다. 이 일을 어쩐다? 큰일 났다. 순간, '흘레붙은 개는 안 떨어진다.', '억지로 떼어내면 개 거시기가 빠진다.' 던 동네 옛 어른들의 말이 생각난다. 그래도 옛날에는 흘레붙은 개를 만나면 온 동네 사내아이들은 신이 났다. 모두들 뛰쳐나와 동네 방네 개를 몰아 막대로 후리고, 돌덩이를 던지며 왁자지껄 몰려다니던 기억이 얼핏 스친다. 계집아이들은 강둑 아래로 도망치면서도 뒤를 힐끔거리며 까르르깔깔 웃었다. 성적 호기심에 샘도 났을 때였던가? 힘센 놈이 당기는 데로 이끌려 기묘한 모습으로 비틀비틀 도망치는 넓은 들판을 쫓아다니면서 기어이 암수를 떼어 놓고야 말았지만 혼쭐나는 개만큼이나 우리가 지치기도 했다.

새끼를 한 바구니 낳으면 그 일을 어쩐다? 이것이 암캐를 기르는 우리 내외의 한 가지 걱정거리였다. 기어코 이놈들을 떼어놓아야 한다. 현관 앞에 상시 세워둔 뱀 잡이용 막대를 들었다.

"떨어져라! 떨어져라!"

막대로 배를 쿡쿡 친다. 그래도 붙어버린 두 녀석은 동서로 서로 도망가려고 네 발로 버티며 잡아당기기만 할 뿐 엉덩이는 무슨 납

땜한 요철凸凹고리인 양 떨어질 기미가 전혀 보이지 않는다. 수캐는 제 애비다. 검은 털이 아무렇게나 섞여 마치 들개같이 못생긴 옷을 입었다. 덩치도 자그마한 이놈이 이 윗동네를 장악한 지는 이미 몇 년 전부터이다. 저만치에는 항상 헛물만 켜고 뒤따라 다니던 어수룩한 누렁이가 언제든지 도망갈 수 있는 자세로 몸을 돌려 겁먹은 눈으로 바라보고 섰다. 황당한 상황도 상황이려니와 지레 겁부터 먹은 아내는 안으로 도망간 지가 오래다. 우리 암캐가 나를 쳐다보며 낑낑거린다. 정말 소도 개도 웃을 상황이건만 개도 사람도 심각하다.

'존경하는 나의 두목님, 이 무슨 황당한 풍경화인가요?'

원망인지 하소연인지 아니면 민망함인지 알 수 없는 묘한 표정 같다. 이제 십오 개월짜리다. 이 녀석은 우리 집에 분양되어 올 때도 황당하게 시작되었다.

작년이었다. 산골이라 아직은 봄빛이 까마득한 이월 하순. 이날 아침도 양지바른 현관 앞의 매화봉오리를 보면서 아내와 차를 마시고 앉았는데 밖에 인기척이 나서 현관을 여니 앞집 사모님께서 품에 이 녀석을 안고 오셨다.

"더 이상 어디 줄 데가 없어서요. 선생님이 알아서 키우세요."

하면서 덜렁 내 품에다 안겨놓고는 휑하니 돌아선다. 내가 천하의 애견인愛犬人이라는 사실을 이분도 너무 잘 안다. 은퇴 후에 이 산골로 올 때에 이미 전에 기르던 강아지들을 데려와서 몇 년 키우면서 소문이 났던 탓이다. 예나 지금이나 나는 삼시세때 개밥을 챙겨 먹이면서 강아지를 기르지는 않는다. 제 무슨 상전도 아니기에 내 구속받기 싫어, 한 번에 며칠 분량을 부어 놓으면 녀석들이 알아서 먹도록 애시당초부터 교육을 시켜서 기른다. 그러나 먼 곳을 수시로 떠돌아다니다 보니 꽤 오랫동안 집을 비우는 일이 잦아 장마철엔 사료에 곰팡이가 슬기도 했다. 아쉽긴 하지만 그 녀석들을 마지막으로 강아지를 안 키우기로 했던 것이다. 그래서 앞집에서 강아지 처분이 난감해 한 마리라도 가져가라고 몇 번이나 권하는 것을 마음 굳게 다잡고 사양했던 터다.

이놈은 한 배에서도 제일 작고 못생긴 무녀리인 줄 이미 아랫동네에 다 알려진 강아지다. 그래서 마지막까지 주인을 만나지 못하고 비루먹은 채 처진 놈이다. 쬐끄만 강아지를 보니 기가 찼지만 어쩌랴. 원래부터 개라면 죽고 못 사는 것을….

이름을 억구라 지었다. 억지로 떠맡은 개라는 뜻이다. 동시에 억수로 재수 좋은 개라는 뜻도 담았다. 분명 귀여워하면서 잘 키울 테니까.

그런데 이 녀석이 발정을 했다. 젖먹이 때에 비루먹은 녀석이라 새끼도 못 낳는 둘치가 될 줄 알았는데 벌써 두 번째 발정이다. 첫 번째도 견시탐탐犬視眈眈 기회를 노리며 밤낮 마당을 기웃거리던 수

캐 두 녀석이 저놈들이었다. 미리 사태 파악을 하고는 며칠 동안 큼 직한 우리에 가둬둔 덕에 억구의 엉덩이는 무사히 지켜냈다. 이번에 는 수컷들이 우루루 몰려오기에 목을 묶어 현관 앞에 잠시 놓아두 었던 것이 아차, 방심하는 순간에 사단이 나 버린 것이다.

막대로 땅을 두들기니 창문 앞 자귀나무 밑둥에 목줄이 감긴다. 우리 부부 금실 좋으라고 심어 놓은 합환수合歡樹다. 이놈들이 언감 생심焉敢生心 이 나무 밑으로! 잎이 매우 늦게 돋는 나무라 아직 서 로 합쳐질 잎도 나지 않았다. 그러니 더 어림없지. 억구의 목줄을 끌어당기고는 막대로 수컷을 세게 쥐어박는다. 오로지 새끼를 가지 면 골치 아프다는 일념으로 덩달아 흥분한 내가 그 와중에도 우스 꽝스럽고 황망하다.

절체절명의 순간에 내가 훼방을 놓고 있다. 빼도박도 못하는 난 감한 녀석들의 상황에 터무니없는 생각이지만 입장을 바꾸어 상상 도 해 본다. 벌겋게 달아오른 수컷 양물이 약간 보이건만 떨어지지 는 않는다. 막대로 세게 위협을 하니 수컷이 겁을 내면서도 으르렁 거린다. 개도 도망갈 구멍을 보고 쫓아야 한다. 암컷도 수컷도 깽깽 거린다. 아무래도 쉽게 떨어지지는 않을 것 같다.

수캐는 교미할 때 귀두망울이 동그랗게 커져 암컷 속에서 단단 하게 고정된다. 그래서 개는 20분 가량 결합상태로 있게 된다. 개의 교미가 이렇게 시간을 끄는 것은 수정을 위한 암컷의 생물학적 이유 때문인데, 사람들은 정력이 세다고 여겨 개의 양물이 수난을 당한다. 이렇게 억지로 떼려다 어느 녀석이라도 잘못되면 어쩌나 하는 걱정도 생긴다. 어느 놈이든 무언가가 떨어지거나 빠질 것만 같다. 어린 시절에야 개가 죽든 살든 멋모르고 막대를 휘두르고 훼방을 놓았지만 세상 물정 다 겪은 지금은 짐승이든 사람이든 못할 짓이 아닌가 하는 일념도 든다.

그래도 억구가 새끼를 가지면 안 되지. 그 뒤치다꺼리를 어찌 감당할꼬? 생각이 여기에 미치자 큰맘 먹고 막대를 후렸다. 가족이란 참 묘하다. 바람난 내 암컷은 두고 멀리 있는 남의 수컷만 때린다. 수컷이 깨갱하고 큰 소리를 내더니 두 놈이 뚝, 떨어진다. 수컷은 뒤도 안 돌아보고 불알에 요령소리가 나도록 달아난다. 다행히 거시기가 빠지지는 않은 모양이다. 한숨 돌린 후 찾아보니 억구는 그새 별생각 없는 듯이 내 옆에서 얼쩡거리고 있다. 암수의 차이인가? 우습기도, 미안하기도 하다. 그러면서도 혹시 일이 이미 어긋나버려 새끼를 가지게 되면 어쩌나 걱정이다. 그런데 묘한 것은 은근히 기대도 된다. 어느새 문을 열고 나왔는지, 아니면 손가락으로 눈을 가리고 숨어서 다 보고 있었는지 알 수는 없지만, 아내가 내 마음을 눈치 못 챌 리가 없다.

"은근히 기대하제?"

개는 60일 후에 새끼를 낳으니 이 녀석이 새끼를 낳는다면 한창

더운 계절이겠다.

마당어귀 토종벌은 분봉을 한다고 윙윙거리고, 먼 산 뻐꾸기 울어 쌓는 산골 마당에서 억구는 언제 그런 일이 있었냐는 듯 느긋하게 누웠다. 아직 운우지정雲雨之情의 오묘함을 모르는 어린 개라서 그런가. 나를 한 번 쳐다보고는 괜스레 먼 산을 향해 멋쩍게 짖는다. 억구의 드러내지 않는 속마음이야 알 수가 없다. 덩치가 작아 시골사람 인식으로는 쓸모없는 강아지이나 조물주는 공평해서 참 영리하고 살가워서 귀염 받는 개다.

문득 몇날 며칠을 배회하며 다른 수컷 경계하랴, 순진한 암컷 어르랴, 무서운 주인 눈치 살피랴, 천재일우로 얻은 황홀경에 입맛만 다시다 말고 X이 빠지도록 도망간 수캐가 무사한지 궁금해진다. 오후에는 아랫마을로 슬슬 내려가서 그 집 주인 몰래 살펴봐야겠다. 가는 길에 바닥에 무엇 떨어진 것이 없는지도 은근히 눈여겨 살피면서…

[창작 노트]

* 제재 윤색

* 신변잡기적 사연에다 표현의 재미를 살림

* 구성
  • 당근 제시를 위해 제목과 첫 단락에서 선정적 표현을 동원
  • 다소 긴 글이라 상황 묘사의 재미를 지속시키기 위해 노력

* 문체
  • 등장인물의 행위를 해학적, 과장적으로 표현
  • 해학과 희롱의 어조

* 어휘
  • 견시탐탐犬視眈眈이라는 조어 사용
  • 합환수合歡樹를 동원하여 중의적 해학
  • 대상이 강아지이기에 금기어, 금기 표현도 무난하게 사용

* 제2탄의 예고를 복선伏線으로 깔아 둠
  • 60일 후에 낳을 새끼를 위해 "은근히 기대하제?"의 화소 삽입

빼도 박도 못하다 (2)

이번에는 내가 빼도박도 못하게 되었다. 이쯤 되면 내 팔자도 가히 우스갯감이다. 이순도 훨씬 넘은 나이에, 그것도 연일 폭염이 불붙는 팔월초부터 팔자에 없는 다섯 쌍둥이 육아와, 더위 먹어 비실거리는 어미 병구완까지 혼자 담당하고 있다. 정주고 이별하는 것이 싫어 다시는 개를 안 기른다고 했는데도 그렇다.

빼도박도 못하는 황당한 상황이 처음 눈앞에 펼쳐진 것이 두 달 전의 일이다. 그때의 주인공들은 우리 강아지 억구와 바람난 암컷을 찾아온 아랫마을 수캐였다. 그런데 이번에는 내가 빼도 박도 못하는 상황을 맞닥뜨리게 되었다. 이놈이 새끼까지 한 무더기 낳아서 주인에게 단단히 앙갚음을 하고 있다.

요즘, 염천의 열기가 온 누리를 들끓게 하고 있는데 나는 지금 생후 한 달 된 강아지 다섯 마리를 먹여 살리느라 혼쭐이 나고 있다. 벌써 열흘째다. 앞으로 20일은 더 가야 한다. 온여름 내내 전쟁통이 될 것이다. 아기 강아지뿐이 아니다. 빈사상태의 어미도 지금은 내 상전 중의 상전이다. 먹고 자는 것밖에 모르는 젖먹이는 돌아서면 배를 채워야 한다. 강아지 수발이라니. 내 새끼 수발도 이유식은 고사하고 겨우 딱 한 번 목욕을 도운 적 있을 뿐이다. 그것도 꽉 잡으면 터질 듯한 물렁물렁한 아이를 어쩔 줄 몰라 대야에 떨어뜨려 아내에게 금세 쫓겨났다.

그날, 그러니까 정확히 두 달 전, 엉덩이가 붙어버린 두 녀석을 기어코 떼어내는 데는 성공을 하였다. 그래도 혹시나 하는 마음에 억구의 배에서 눈을 떼지 못하고 마음을 졸였다. 정말 이 염천에 분양할 데도 없는 새끼를 낳는다면 큰일이다. 악재는 겹친다더니 불행히도 녀석은 어김없이 배가 불러왔고 우리 내외는 지레 걱정으로 강아지 분양을 동네방네 홍보부터 했다. 완벽한 예방접종에다 사료비 만 원까지 덤으로 준다고. 헌데 분양률이 형편없다. 요즘은 시골에서도 강아지가 천덕꾸러기다. 불경기 속의 아파트 분양률은 이에 비하면 하늘 같이 높은 수치다. 현재까지도 강아지 분양률 0%다.

안 되면 이웃 시골 5일장에 팔러 가자고 아내랑 의논도 했다. 공짜라면 더 이상하게 여길 테니까, 종이박스 아무렇게나 찢어 '강아지 한 마리 500원'이라 큼직하게 써서 세워 놓고는 애처로운 눈빛을 보내며 지나가는 시골 노인네들에게 동정을 구할 궁리도 했다. 아니면 읍내 아파트 단지 앞에 가서 오고가는 어린이들을 유혹할 계교를 꾸미기도 했다. 예쁜 봉지의 사료까지 얹어서….

 기다리지 않는 시간은 금세 다가오는지 두 달 후, 무더운 장마통의 빤한 오후에 차나무 그늘에 앉아 기어이 새끼를 낳았다. 이놈이 주인 부아 돋운다고 무려 튼튼한 여섯 마리의 대 식구를 불렸다. 미운 짓거리 덧보탠다고 요즘 더 인기 없는 암컷이 다섯 마리다. 사람 세상이야 딸이 더 좋은 시절이라고들 야단이지만 잡견 주인들은 암컷들의 놀라운 번식력에 골머리를 앓는다.

 그래도 시작은 괜찮았다. 산골이라 이웃한 집이라곤 단 세 가구다. 억구는 평소에도 뒷집 암자의 경계까지 서 주면서 귀염을 독차지해 밥때가 되면 암자로 공양하러 다니는 녀석이다. 스님이나 보살님은 늘 녀석이 좋아하는 특식을 주신다. 이번에는 산모 회복구완으로 미역까지 끓여 보내셨다.

 그래도 털 달린 짐승의 한여름 육아란 상상만 해도 뜨겁다. 아니나 다를까 보름쯤 지나 어미가 탈이 났다. 털빛 아래 살갗이 거무튀튀해지더니 눈자위에는 퀭하게 다크써클dark circle을 두르고 비실거리기 시작했다. 어떤 진수성찬을 올려 바쳐도 도통 먹지를 않는다. 먹으라고 야단을 치면 고개를 푹 숙이고는 더 풀이 죽는다. 내 병약했던 젊은 시절, 다니러 오셨던 어머니께서 밥 한술에 국물 두어 숟갈로 출근하던 나를 야단치시던 일이 생각났다.

'이놈아, 애태우는 에미를 봐서라도 몇 술 더 먹고 나가거라.'

세상만사가 다 소태맛일까. 곧 죽을 것 같아 읍내 동물병원을 찾았다. 더위를 먹었단다. 쉽게 회복이 안 될 거란다. 큰일이다. 새끼도 이미 한 마리는 죽어 있다. 새끼들도 들어보면 마른 털걸레다. 어미도 새끼도 모두 축 늘어졌다. 다 죽게 생겼다. 머리로는 오히려 잘 됐다고 깨춤이라도 추어야할 것 같은데 게슴츠레한 눈망울을 보면 이 염천에도 가슴이 시려온다. 인정이란 묘하다.

새끼라도 살려야겠다. 내 먹던 우유를 먹여 보았다. 젖꼭지가 아닌데도 그릇에 담긴 우유를 잘 핥는다. 약간 희망이 보인다. 차를 몰아 우유를 사 왔다. 어미는 병원의 약기운에 정신을 차리는 듯 하면서도 여전히 음식은 외면이다. 두어 번 먹여 보니 새끼들도 우유를 썩 좋아하지는 않는 것 같다. 허기가 아니라 갈증으로 먹는 것 같다. 다음날은 큰 가게로 가서 알갱이로 된 강아지용 먹이를 샀다. 물에 불려 먹여 볼 요량이다. 맹목적인 시도다. 뜻밖에 그 어린 것들이 먹는데 정신을 판다. 눈은 퀭하지만 오랜만에 배가 빵빵해 졌다. 오뚝이 배 같다. 제법 장난도 친다.

문제는 어미개다. 술은 아니래도 주지육림周脂肉林의 진수성찬도 마다한다. 화가 나서

"그래 먹지 마라. 네놈 죽으면 새끼 중에 제일 먹성 좋은 놈 골라 네 대신 키울 테다."

협박을 하니 아내가 부엌에서 깔깔댄다. 새끼를 내가 전담하고 며칠이 지나면서 어미가 차츰 생기를 띠고 진수성찬은 조금씩 먹어 준다. 모두 살릴 수 있을 것 같다. 희한하게도 더위 속에서도 신명이 난다. 내 하는 꼴이 우스운지 아내는 새끼 안 낳았으면 어떡할 뻔 했느냐고 놀린다. 놀리든 말든 즐겁다.

뜨거운 물에 퉁퉁 불려 반죽이 된 먹이를 넓은 접시에 담아 손가락으로 휘휘 저어 식힌 다음, 녀석들에게 다가가 바닥을 툭툭 치면, 나무 그늘 밑에서 뒹굴며 졸던 녀석들이 쪼르르 몰려나온다. 어떤 녀석은 방향을 못 잡는다. 달랑 들어서 코를 처박아 준다. 먹는 모습을 보면 제각각 머리를 쓰는 품새가 다르다. 앞발을 그릇 가장자리에 딱 붙여 코를 처박고는 양껏 먹는 녀석은 한세상 영리하게 살 놈이다. 아예 그릇 속에 온몸을 담아 제 털에 음식을 묻혀가며 먹는 녀석은 욕심으로 심심찮게 구설수에 오르내릴 놈이다. 어떤 녀석은 앞다리를 곤추세우고는 고개만 아래로아래로 힘겹게 들이민다. 돌다리도 두드리고는 안 건널 조심스런 놈이다. 가장 어수룩한 녀석은 형제의 털에 묻은 음식을 핥아대고 있다. 이런 녀석은 머리

를 잡아당겨 그릇에다 코를 처박으면 그제야 '아, 여기에 있었구나.' 하고는 마구 핥아 먹는다. 복지제도가 잘 되어야 오래도록 살아남을 놈이다. 어떤 모습이든 와글와글 앙증스럽다. 생동감이 넘친다. 배가 부르면 슬그머니 일어나서는 내 다리를 핥는다. 겨드랑이를 잡고 들어 올려 입을 맞추면 고소한 냄새가 난다.

빽빽한 나무 그늘 아래, 그것도 아침저녁 기우뚱한 햇살 몇 줄 든다고 큼직한 파라솔 두 개를 동서東西로 비스듬히 세우고, 밤에는 모기향 멀찌감치 피워두고, 우유야 이유식이야 눈을 뜬 하루 종일 차례로 진상하는데 제놈들이 튼튼하게 안 자라고 배길 재간이 있으랴. 제놈들 먹는 모습에 한눈을 팔아 잠시라도 부채질을 멈추면 내 다리는 온통 모기들의 무한 리필 뷔페상 차림 흔적이다.

이젠 입맛이 어느 정도 돌아온 어미개가 새끼들 밥그릇 근처에서 얼쩡거린다. 그때 내가 '억구야!' 하고 눈을 흘기면 슬그머니 비켜나가서는 먼 산을 보고 돌아앉아 있다. 좀 안됐기도 해서 새끼들 먹이를 넉넉하게 담아와 어미에게도 준다. 그래야 삐치지 않을 것 같다.

올여름은 고물고물 자라는 강아지들 양육으로 빼도박도 못하는 쾌통快痛의 나날이다. 그런데 더 큰 문제는 남아 있다. 끝까지 강아지 분양에 실패하면 어떡할 것인가. 세 번째의 빼도박도 못하는 처지가 되는 일은 생각만도 끔찍하다.

[창작 노트]

* 제재 윤색

* 구성
  • 1/3까지는 이전의 상황 진술을, 이후 두 칸 행갈이를 한 곳부터는 현재 상황
  • 다양한 화소들을 동원하여 독자 관심 지속 노력

* 어휘
  • '주지육림周脂肉林', '쾌통快痛' 등의 신조어 사용

* 내용 확장
  • 후반부에서 강아지 밥 먹는 양상을 재물 앞 인간 유형 4가지로 정리

* 문체 및 호흡 장단 대조(문단 예시)

  1. 쾌통快痛의 내용에 맞게 짧고 경쾌한 문단(아래 11개 문장)
  세상만사가 다 소태맛일까. 곧 죽을 것 같아 읍내 동물병원을 찾았다. 더위를 먹었단다. 쉽게 회복이 안 될 거란다. 큰일이다. 새끼도 이미 한 마리는 죽어 있다. 새끼들도 들어보면 마른 털걸레다. 어미도 새끼도 모두 축 늘어졌다. 다 죽게 생겼다. 머리로는 오히려 잘 됐다고 깨춤이라도 추어야 할 것 같은데 게슴츠레한 눈망울을 보면 이 염천에도 가슴이 시려온다. 인정이란 묘하다.

  2. 느긋한 내용으로 긴장을 이완시키는 긴 문단(아래 2개 문장)
  빽빽한 나무 그늘 아래, 그것도 아침저녁 기우뚱한 햇살 몇 줄 든다고 큼직한 파라솔 두 개를 동서東西로 비스듬히 세우고, 밤에는 모기향 멀찍감치 피워두고, 우유야 이유식이야 눈을 뜬 하루 종일 차례로 진상하는데 제 놈들이 튼튼하게 안 자라고 배길 재간이 있으랴. 제놈들 먹는 모습에 한눈을 팔아 잠시라도 부채질을 멈추면 내 다리는 온통 모기들의 무한 리필 뷔페상 차림 흔적이다.

개의 모정 수유

개도 모정 수유母情授乳를 하나보다.

여름도 올해같이 더울까. 햇볕이 자글자글 달아오르는 한낮에 피골이 상접한 어미개가 엉거주춤 서서 젖을 빨리고 있다. 빠는 품새로 보아 아무래도 빈젖인 것 같다. 흰둥이 다섯 마리, 이미 젖 뗄 때가 다 된 이쁘둥이 녀석들이다.

출산의 택일을 잘못 잡아 한여름 무더위 속에 후더침이 나서 제 몸도 옳게 가누지 못하는 것을 겨우 살려낸 어미개다. 몸을 푼 지가 사십일이 넘었다. 천신만고 끝에 기운을 차린 억구가 젖 달라고 보채는 새끼들 성화에 전전긍긍이다.

오뉴월 더위에는 황소뿔도 물러빠진다는데, 털 달린 짐승의 한여름 육아는 불문가지不問可知라. 개는 땀띠도 안 나고 더위를 먹는지, 울긋불긋 땀꽃이 번지는 피부를 보면서도 산모産母의 더위를 내가 진작 알지 못했다. 그 탓에 두이레 무렵부터 축 늘어진 어미를 떼어내고는 내가 젖어미의 고난을 감당했다. 이 삼복염천에 산모 회복 구완에 젖먹이 건사라니! 내가 무슨 안저지냐 업저지냐 아이돌보미냐. 제놈이 무슨 만고효녀 심청이를 낳았다고…. 내 팔자에 뜬금없이 심봉사 혼령이 덮쳤나 보다. 동네방네 외고패고 다니면서 동냥 젖을 먹일 수도 없는 노릇. 경험해 본 적이 없는 남의 새끼들이라 무시로 먹일 수도 없어 시간을 정해두고는 참젖을 먹였다.

세이레쯤 지나면서부터 새끼들이 튼실해지고 병원을 오가는 어미도 죽을 고비는 겨우 넘기는 걸음새다. 젖먹이들은 우유야, 죽이야, 이유식이야 시시때때로 들인 정성스런 수발 덕택에 오동통통 살이 쪘다. 겨우 걸음마를 배워 뒤뚱뒤뚱 자작거리던 녀석들이 어느새 내 뒤꿈치를 따라다니는 쫄래동이로 자랐다. 세 놈은 분양도 약속되었다.

이놈들은 빼도박도 못하는 황당한 교미로 밴 새끼들이었다. 한여름 강아지 수발에 나 역시 빼도박도 못하는 쾌통快痛의 나날이 이어지고 있는데, 이제는 자칫 목숨줄을 놓칠 뻔했던 어미개가 보채는 새끼들을 달래느라 힘겹게 서서 빈젖을 물린 채 빼도박도 못하고 있다. 새끼들 성화에 못 이겨 엉거주춤 선 어미 배에 달라붙은 다섯 마리. 어떤 폭풍우에도 절대 떨어지지 않을 듯 대롱대롱 매달린 조롱박들이다. 참다못한 어미가 도망가면 새끼들은 질질 끌려가면서도 젖꼭지는 놓지를 않는다. 젖을 빨아당기는 새끼들의 입술은 찰거머리 빨판이다.

젖 달라고 보채는 아기를 이기는 어미가 있을까. 아직도 줄곧 병원신세를 지고 있는 억구는 혓바닥을 한 뼘이나 빼물어 어금니 옆으로 축 늘어뜨렸다. 온통 누렇게 혓바늘이 돋았다. 하얗게 곱던 털의 때깔도 돼지털처럼 까칠해졌다. 그런데도 빈젖을 빨리고 섰다. 젖을 빨리면 산모는 몸에 열이 더 달아오른다. 제 몸도 가누기 힘든 어미에게는 젖먹이가 애물들이다. 그래도 새끼들 눈곱도 귀지도 차례로 핥아준다.

새끼란, 사람이든 강아지든 먹고 자고 먹고 놀며 크는 놈들이다. 이제 이놈들은 물에 불리지 않은 낱알도 뽀드득, 깨물어 먹는 녀석들이라 젖을 안 빨아도 아무런 지장이 없다. 그런데도 저들끼리 엎치락뒤치락 말롱질을 하며 놀다가도 문득 젖내가 그리우면 어미를 찾아 졸졸 따라다닌다. 희한하게도 어미는 새끼들이 끈질기게 보채는데도 좀처럼 등을 돌리지는 않는다. 새끼들과 마주 선 채로 뒤로 물러나고, 새끼들 머리 위로 깡충 뛰기도 하고, 빙글빙글 돌면서 피한다. 그러고는 달래듯 엉덩이나 머리를 핥아준다. 새끼의 엉덩이를 핥아주어 똥오줌을 누인다.

억구는 출산 두이레 될 무렵 더위 젖감질痲疾로 새끼 한 마리는 잃었던 경험이 있는 어미개다. 가쁜 숨을 몰아쉬는 어린 새끼의 꺼져가는 심장박동이 귓바퀴에 맴돌 때, 새끼의 희멀건 곱똥을 핥으며 긴 밤 내내 애간장을 태웠을 어미의 마음이 어떠했을까.

어미가 되어가지고, 젖배를 곯으며 자란 새끼들이 미안해서, 진자리 마른자리 보살펴주지 못한 것이 미안해서일까. 겨우 정신을 차린 어미가 무더위에 헥헥거리며 다 큰 새끼들에게 빈젖을 물리는 모정母情이 안쓰럽다.

오죽 성가시면 '어린애 젖 조르듯 한다.'는 말이 나왔을까. 마지못한 어미가 마루로 올라가 버리면 새끼들은 주춧돌에 빙 둘러서서 앞다리를 올려놓고는 고개를 치켜들고 앵앵거린다. 어릴 적 어머니께서 고향집 주춧돌에 세워놓고 말리던 하얀 고무신 같다.

진드기같이 달라붙는 새끼들을 억지로 떼어내고 어미를 잔디 위에 뉘였다. 온몸을 살펴본다. 앙상하다. 마른 나뭇가지다. 거무튀튀한 피부에 버짐도 피었고 군데군데 헐어서 진물이 난다. 무릎에도 발가락 사이에도 사타구니에도 불그레한 열꽃이 피었다. 그나마 콧잔등이 바싹 마르지 않은 것을 보니 마음이 조금 놓인다. 암컷이라고, 바람 빠진 풍선 같은 젖무덤에 핀 채송화 젖꽃판이 예쁘다. 새끼들이 얼마나 빨아당겼는지 선홍색 젖꼭지가 흐물흐물 늘어졌다. 배를 만져보니 젖부들기가 뭉얼뭉얼하다. 젖몸살인가. 그때 아내의 젖몸살도 이랬을까.

둘째아이 출산 열흘째 되던 날 뜻밖에도 아버지께서 돌아가셨다. 전화를 받는 순간 '고아孤兒'라는 단어가 뇌리에 박혔다. 서른세 살, 칠남매 막내둥이의 천붕天崩! 무너진 하늘을 헤집으며 세 살짜리 큰녀석과 핏덩이와 산모를 데리고 급히 택시를 잡았다. 철없이, 아니 너무 철이 들어 시골 큰집에 같이 데리고 간 아내의 젖몸살은 지금까지도 미안하다. 끓어오르는 신열에도 땡땡해진 젖을 물려야 했던 아내에게도 미안하고, 반배도 못 채웠을 아이에게도 미안하다. 우리는 삼우제를 지낸 일주일 후에 집으로 돌아왔다.

그래도 새끼들은 모두 도담도담 잘 자랐다. 기특하고 고맙다. 사람이든 짐승이든 이런 재미로 새끼를 낳고 기르나 보다. 농장지경弄璋之慶, 농와지경弄瓦之慶이라더니, 자식의 안갚음은 열 살 이전의 재롱만으로도 충분하다는 말이 결코 헛말이 아니다. 녀석들 말똥말똥한 눈알을 마주보면서 코를 맞대면, 이젠 고소한 배냇냄새도 없어지고 제법 밥내가 섞여난다. 쉬를 할 때는 제 놀던 장소를 떠나 먼 곳을 찾는다. 제 몫을 다하면서 튼실하게 살아갈 놈들이다.

분양일이 가까워 온다. 이제는 어미가 새끼를 피해 다닌다. 새끼는 어미를 찾아 불원천리, 어미는 도망다니고 새끼는 따라잡느라 시골 넓은 마당의 나무 사이로 온 가족의 가댁질이 한창이다. 내가 한눈을 팔면 자칫 사달이 난다. 수시로 마릿수를 세어보아야 한다. 또 모자란다. 어미를 앞세워 온 산자락을 더듬는다. 녀석들이 엉뚱한 곳을 가서는 개울 벼랑에 빠져 낑낑거리고 있다. 그때마다 새끼 관리 잘 하라고 짐짓 어미를 야단친다.

그래서 그런가. 이제는 새끼들을 응석받이로 키우면 안 되는 줄 어미도 안다. 입으로 밀치기도 하고 발로 누르기도 한다. 그래도 치근덕거리면 깨갱! 하는 소리가 나도록 제법 아프게 물어서 혼쭐을 낸다. 그러면 새끼들은 어김없이 물러선다. 막내인 나는 다섯 살까지 엄마의 빈젖을 빨았단다. 금계랍金鷄蠟을 노랗게 발랐던 젖꼭지란다. 그래도 막무가내였단다. 아르릉! 하고 꾸짖는 개가 사람보다 더 단호하다. 달래고 어르는 기술, '아이를 기르려면 무당 반半 어사御使 반'이라는 속담의 지혜를 저 녀석이 더 잘 알고 있나 보다.

귀빠진 지 두 달이 가까워지면서 이별이 시작되었다. 처음 두 마리는 어미 마음 아플까 보아 몰래 보냈다. 그러나 새끼가 줄어도 별 반응이 없기에 세 번째부터는 '네 새끼 간다!'고 코앞에다 흔들면서 보냈다. 녀석들이 내 품을 떠날 때마다 나는 애틋한 마음에 입을 맞추고 코를 비비는데 오히려 어미는 무덤덤하다. 낯선 이가 새끼를 안고 긴 마당을 천천히 걸어나가는데도 어미는 담담하다. 쳐다보지도 않고 딴짓이다. 속이 시원하다는 표정이다. 젖먹이를 대하던 때와는 모정母情이 딴판이다. 본능인가, 아니면 달관達觀인가. 녀석들에게서 너무도 당연한 회자정리會者定離를 본다.

여름 햇볕이 잦아들면서 축 늘어졌던 배도 많이 오그라졌다. 하얀 꼬리도 가을바람처럼 상큼하다. 가을이 무르익으면 시든 나팔꽃잎처럼 흐물거리던 산모의 젖무덤도 팽팽해지고, 잘 여문 씨방 모양의 선홍색 젖꼭지가 착, 달라붙겠지. 그때면 S라인 몸매의 억구는 다시 이 고을에서 맵시 제일가는 날씬한 미시족missy族 행세를 하며 뭇 사내들 애간장을 녹이겠지. 뿔뿔이 흩어진 새끼들, 녀석들은 또 그들대로 한솥밥 가족들과 따뜻한 눈길 주고받으며 행복하게 살아가겠지…

[창작 노트]

* 제재 각색

* 구성
  - 주제를 향한 독자의 시선 확보를 위해 첫 문장을 독립 단락으로 처리
  - 마지막에는 애정 어린 기대감의 따뜻한 여운을 남김

* 내용
  - 개의 사연에 인간사를 부분적으로 오버랩
    - 삽화로 아내의 후더침을 삽입

* 문체
  - 장단의 호흡 유지
    - 글 전체에서 메마른 분위기와 긴박감을 위한 단문을 수시로 사용

* 어휘
  - 강아지, 산모, 육아 등의 고유어휘 사용

* 어조
  - 따듯한 정감 유지

쥐구멍에서 쏘아 올린 큰 공[1]

쾌재快哉라, 찍찍 - Cheep Cheep, 새날이 밝는도다!

갑자무자甲子戊子 자자년子字年을 애타게 기다리며 숨죽인 숱한 세월 - 10년 하고도 삼백 예순 날, 십이지十二支 축생畜生에는 고양이가 없어 어깨춤을 추었건만, 오호 애재嗚呼哀哉로다. 돼지에게 뜯겨죽고 개에게 물려죽고 닭에게 쪼여죽고 뱀에게 감겨죽고 재수가 없는 동족 소 뒷발에 밟혀죽고 …. 긴긴 세월 속에 잔나비, 양, 토끼해만이 겨우 숨을 쉬었더니 고진감래苦盡甘來로다!

---

1) 《부산일보》, 2008. 1. 1. 신년 특집 '쥐띠 시조시인 서태수의 쥐 이야기'로 게재.

파리 같은 목숨 쥐란 어떤 생명인고. 세월도 까마득한 상고시절 갑골문甲骨文엔 뾰족한 주둥이에 날카로운 앞니 한 쌍, 굽은 등 긴 꼬리를 상형자로 떡! 허니 그려놓고 옆에는 먹다 남은 음식 찌꺼기까지 뿌렸으니 이 곧 서鼠자로다. 아我 조선 동방예의지국에서도 옛적부터 신으로 모시면서 소설, 민담, 전설 등에도 당당히 등장하였구나. 이렇듯 훌륭한 생명을 일부의 무지한 인간들이 유언비어 유포하여 유독 쥐를 비하卑下하였으니, 먼저 억울한 사연부터 낱낱샅샅 살펴보자.

오호 통재라, 하고많은 동물 중에 유독 쥐를 욕설하니 조선조 권섭權燮이란 선비님의 같잖은 고시조에 '두어라 쥐 같은 인간이야 닐러 무삼하리'라는 어거지를 비롯하여, 쥐꼬리 물고 물어 끝없이 이어지던 비난 말씀 일일이 열거하면 '쥐새끼'는 약은 자요, '쥐포수'는 옹졸한 자요, 가당찮은 일을 하면 '쥐구멍에 홍살문'이며, 하다못해 쥐벼룩이 옮긴다고 '서역鼠疫(페스트)'이 웬 말이냐. 인간들 저들끼리 에이즈 옮긴다고 인역人疫이라 부르느냐.

무릇 만물이란 각기 제 필요한 생김인데도 멀쩡한 육신에다 비방 욕설 다반사라. 뻑-하면 뱉어내는 황당하고 억울한 악담! 길고도 멋진 꼬리를 허위광고 방송하여 '쥐꼬리'로 업신여기며 우스운 꼴로 만들더니, 세상에 밑살 큰놈이 있는지 '쥐밑살 같다' 조롱하고, 치사하고 못생긴 것을 - 세상에나, 이런 일이! - '쥐코 장조림 같다'고 억지로다. 날조된 악담 퍼붓다 못해 없는 뿔도 만들어서 '쥐뿔도 없다'고 망발이다. 실상 알고 보면 쥐뿔은 뿔 아니라 수컷이면 으레 달린 그 양물陽物을 이름이라. 오호라, 가소롭도다. 전국 방방곡곡 민담에도 어엿이 전해오거늘 쥐X도 모르면서 아는 체 하는도다. 쥐가 고생하면 그저 절로 흥이 나서 '쥐 잡듯 한다'며 좋아하고 안분지족安分知足 몸에 배인 우리 구멍을 '쥐구멍'이라 비웃는다. 그래 한번 따져보자. 쥐구멍이 없었더면 부끄러워 추락한 무도한 인간들 체면 어디 숨어 버틸쏘냐.

곡식 좀 축내기로 이런 악담 이해하나 조물의 천지 창조 제 각각 뜻 있는 바, 그 뜻은 못살려도 억지소리는 말아야지. 천하고승 성철스님도 '산은 산이요 물은 물'이라며 억지소리 질타했고, 만고진리 성경에도 '남을 헐뜯는 자 그가 오히려 악인'이라고 경계말씀 하셨니라.

어디 생김뿐이더냐. 아둔한 인간들은 산아제한 난리치며 '무턱대고 낳다 보면 거지꼴 못 면한다'느니 '둘도 많다'느니, 아이 낳는 백성 야만인 취급하며 온갖 감언이설로 복강경 수술에다 정관수술 꼬시면서 멀쩡한 예비군들 바지까지 벗기더니, 뭣이라? 요새는 줄줄이 애 낳으면 온갖 혜택 준다며? 몇 년 뒤도 못 내다보는 이런 싸가지들! 우리들 한 번 보소. 포도송이 DNA라 줄줄이 새끼 달아 우리 부부 한 쌍이면 한 번에 열 마리씩 낳아 한 해에 번지는 수가 1만하고도 5천이라. 만물과의 공존을 위한 살신성인 정신으로 수많은 우리 새끼를 연구용, 먹이용으로 희생시켜 300여 마리만 살려두니 이 아니 위대하냐.

새끼들 많다고 셋방 설움 또 어쨌느냐. 어차피 비어 있는 딴천장 좀 쓴다고, 또 좀 바스락거리면 어디 덧나는지, 쥐 소리가 벼락이냐. 쥐 죽은 듯 고요하단 말 과장 홍보 억울하다. 그래, 쥐 없는 아파트 세상 그 천장이 고요터냐. 염치없는 인간들이 천장을 방바닥 삼아 밤새껏 풀게임full game에 공소리, 아이소리, 샤워소리, 피아노 소리, 부부간 고함소리 - '서일필鼠一匹 경천동지驚天動地'에 잠 못 들어 하더니만 쾌재라, 고소하다!

일일이 토설키는 내 숨도 차다마는 그나마 지구 역사에도 지각 있는 인간 있어 쥐들의 영험한 행동 익히 깨닫고는 황감스럽게 생원生員 벼슬을 봉헌奉獻하셨더구나. 우리 쥐들도 오랜만에 새해를 맞았으니 그동안 억울함을 연연하여 무엇하리. 물질만능 이 시대에 온갖 자연 파괴하던 인간들도 조물造物의 천지창조 물물物物마다 뜻을 두어 유인唯人이 최귀最貴란 그 말 틀렸음을 알았을 터. 값아대고 쫓아가고 그 무슨 소용이랴. 꼬리 잘려 상처받고 인간은 인간대로 옷깃이나 더럽힐 뿐 아니것냐.

허공에 둥둥 떴는 구름장을 보아라. 때로는 엉겼다가 이내 곧 풀리느니. 우리네 짧은 한생이 뜬구름 아니더냐. 앞들에 흘러가는 강물을 또 보아라. 파도는 파도대로 잔물결은 물결대로 부딪쳐 솟구치다가 유유한 게 장강長江이라. 새해도 맞았으니 설일雪日이든 풍일風日이든 김남조 시인 말마따나 좀 더 너그럽게 한 해를 살자꾸나. 우리들 귀한 일생一生도 남은 삶이 몇 날이랴. 북망北邙으로 사라지는 천하의 영웅이나 풀섶으로 사라지는 티끌 같은 미물微物이나 공수래공수거空手來空手去요, 한 세상 100년도 수유須臾가 아니리요.

그래, 그렇겠지. 돌이켜 생각하면 숱한 세월 속에 서생원鼠生員과 인간 인연 어찌 아니 애틋하랴. 쥐띠 해에 엮어 놓은 소중한 사연들을 하나씩만 살펴보자. 48년 무자戊子 쥐는 어정쩡한 해방 조국 금수강산 삼천리에 내 나라 세워주었느니라. 아, 글쎄 남북이 등을 져서 심히 유감이지마는 어쨌든 우리 두목 우리 세상 아니더냐. 60년 경자庚子 쥐는 부정선거 독재정권 온 국민의 함성으로 뿌리째 갈아버려 민주정권 세웠고, 72년 임자壬子 쥐는 등 돌린 남과 북이 마주 앉게 하였느니라. 84년 갑자甲子 쥐는 조지 오웰George Orwell의 끔찍한 말세예언末世豫言에서 무사히 구해준 후 96년 병자丙子 쥐가 OECD 가입시켜 선진국 발돋움을 이룩하지 않았느냐.

오호라, 희희喜喜로다. 무자戊子 쥐의 부활이로다. 쥐구멍에 볕이 들어 은혜와 사랑이 철철철 넘치는 세상이라. 웰빙well-being 시대 요즘 세상은 애완용 고양이도 알밥을 먹는 세상, 이러헌 평화 세상 또 어디 있을쏘냐. 60년 전 앵돌아선 남북도 화해무드요, 동서도 화합이니, 빈부 갈등 안팎 갈등 모다 해소하고 화평세상 도래로다. 세상 사람들아, 올해는 꿈속에 쥐에게 물리면서 '천석만석千石萬石!' 소리쳐서 모두 다 부자 되고, 쥐 DNA 이식하여 딸 아들 펑펑펑 낳고, 사방팔방 세계화 시대를 쥐 풀방구리 드나들 듯 종횡무진하시길 축원하면서, 오늘 새날을 맞이하여 60년간 갈고닦은 바이오bio 생명공학의 첨단尖端 쥐들이 억조창생 기氣를 모아 알을 하나 낳으리니. 환희歡喜의 무자년에 '쥐구멍에서 쏘아 올린 큰 공' 하나가 온 누리를 밝히리라.

　해야 솟아라. 박두진의 해야 솟아라. 칡범과 사슴이 함께 노니는 세상, 어둠을 살라먹고 둥근 해야 솟아라, 솟아라! - 찍찍 - 펑!

[창작 노트]

* 제재의 윤색, 각색, 치환을 혼용한 다채로운 표현

* 계기

  • 필자 회갑년인 2008년 무자년, 부산일보 청탁 원고
  • 쥐에 관한 원단元旦 특집기획
  • 식상한 형식이나 내용을 떠난 개성 있는 글을 주문 받음

* 내용

  • 쥐띠해의 신년 메시지
  • 제목은 조세희 『난장이가 쏘아올린 작은 공』을 역설적으로 패러디
  • 쥐의 수난과 업적을 나열하면서 화합 정신의 새 시대 도래를 희망
  • 화합 주제의 시 김남조 '설일', 박두진 '해'를 활용

* 구성 및 표현

  • 서두에 한자, 한글, 영어를 동시 사용하여 글로벌 시대 도래 암시
  • 고전적 요소 가미를 위해 한자어를 병용하여 고풍스런 맛 첨가
  • 어조 : 세태풍자와 해학을 겸한 경계와 힐난詰難

* 리듬

  • 사설시조의 호흡법을 원용
  • 4음보 정격과 파격을 혼용하여 읽기의 변화를 유도

3부

밭두렁 골프

밭두렁 골프

내 전용 골프장에는 없는 것이 참 많다. 그린피Green fee를 받는 곳이 없어 호주머니 사정을 저울질할 필요가 없는 것은 기본이고, 깃발이래야 멧돼지나 고라니 등의 출몰을 막기 위해 세워놓은 허수아비뿐이니 겨누어 샷Shot을 해야 할 핀Pin도 없다. 무엇보다 편안한 것은, 내 눈치를 살피며 쫄쫄 따라다니는 캐디Caddie도 없고, 내가 잘못 했다고 리콜Recall을 요구하는 경쟁자도 없고, 복잡한 규칙으로 유효네 무효네 하며 따지는 레퍼리Referee도 없고, 선수 따라 우루루 몰려다니면서 잘 쳤네, 못 쳤네 신경 쓰이게 하는 갤러리Gallery도 없다.

군이 있는 것을 찾는다면, 그것은 나의 전용 골프장에서 자체적으로 정한 규칙인 로컬 룰Local rule이다. 그것도 기껏 두 가지다. 첫째는 허리 조심이다. 나는 허리, 무릎, 관절이 쑤시기 시작하는 노후에야 난생 처음으로 골프를 시작한, 나이 많은 초심자 레이트비기너Late beginner다. 이 나이의 허리 부상은 오랜 병원신세를 지기 일쑤이기 때문이다. 둘째로는 식물 보호다. 은퇴 후에 조성한 내 골프장은 아래로는 녹차나무요 위로는 녹차 그늘용 살구나무가 무성한 러프Rough 지역이라 이들을 다치게 해서는 안 되는 점이다. 덤으로 한 가지 더, 제 길을 붕붕 날던 말벌이 화려한 내 몸짓에 이게 웬 방해꾼이냐고 내 이마에 알록달록한 엉덩이를 들이밀거나, 따뜻한 양지에 몸을 데우고 있던 독사가 내 발등에 어금니를 꼭 찔러넣는 황송스런 일을 조심하는 것 정도이다.

나의 골프는 이 세상에서 유일무이唯一無二하다. 나의 골프채도 당연히 헤드 부분이 금속으로 되어 있지만 고구마 같이 생긴 아이언클럽Irons club은 아니다. 조선낫을 기역자로 묘하게 구부려 긴 막대에 꽂아 이 녀석을 맘껏 휘두르는 골프다. 지금 사용하는 녀석은 직접 가스토치로 열을 가해 만들었지만 기회가 오면 대장간에 가서 특별 주문을 할 생각이다.

나의 골프 리듬Rhythm은 허리 다치지 않을 만큼 뒤틀어서 휘두르는 풀스윙Full swing이다. 나의 골프 기술은 아이언으로 흙이나 자갈 등의 바닥을 건드리지 않고 볼만을 깨끗하게 쳐내는 클린샷 Clean shot에 가깝다. 그것은 내가 샷을 해야 하는 대상은 조그만 골프공이 아니라 도처에서 나의 조선낫 아이언과의 예리한 맞대결을 고집하며 끈질기게 고개를 치켜드는 잡초들이기 때문이다.

밀짚모자를 적당히 눌러쓰고는 내 전용 골프채를 떡 하니 어깨에 메고 나가 밭두렁에 두 발 엉거주춤 모아 서서 잡초의 발목께를 겨누어 한 번 휘두르면 창공이 파랗게 갈라진다.

갈라진 하늘 사이로 우루루 떨어지는 햇살의 알갱이들과 이렇게 어울리다 보면 또 많은 것들이 없어진다. 구름 아래 얽히고설킨 세속의 일이야 TV도 없애버린 산골이라 일찌감치 잊었지만, 골프를 하다 보면 짧지 않은 내 생애 속살 깊이 박힌 가시의 쓰림도 없어지고, 흉터로 남아 뻣뻣하게 굳어버린 아픈 기억도 없어진다. 아픔이 없어지고 슬픔도 없어지고 기쁨마저 없어진 채로 한창 휘두르다 보면 잡념 없어진 텅 빈 마음마저 튕겨나간다.

항아리는 비워야 채워지는 법. 없어진 것들 대신 내 골프장에서는 채워지는 특별한 것들이 많다. 고개를 들고 멀리 하늘을 우러르면 학의 날개로 빙 둘러선 산등성 아래 짙푸른 수목이 있고, 그 숲 위로 훨훨 나는 산새들이 있고, 이따금 내 발자국 소리에 놀라 푸드득 솟아 나를 소스라치게 하는 꿩이 있고, 새순을 찾아 옹종거리는 산토끼가 있다. 고개를 낮춰 가까이 보면 바윗덩이 사이를 굽이굽이 흐르는 시냇물이 있고, 철따라 피어나는 온갖 꽃들이 있다. 눈을 돌려 아래를 굽어보면 능선이 휘어진 길마 품에 옹기종기 산골마을이 정겹다.

이렇게 많은 것들과 어울리다 보면 희한하게도 없던 것이 생긴다. 돋아 오르는 새싹의 움직임을 듣는 귀가 열리고, 배시시 웃음 머금은 꽃잎의 미소를 보는 눈이 생긴다. 꽃도 다르고 잎도 다른 온갖 식물들의 숨결을 맡는 코도 생기고, 손바닥으로 살짝 스치기만 하여도 그 식물이 아픈지 성성한지 알아차리는 감각도 생긴다.

농민들은 농사짓는 일은 잡초와의 전쟁이라고 한다. 나의 밭두렁에도 자라나는 끈질김으로 주인과의 끊임없는 부킹booking을 기다리는 잡초가 있어, 나의 밭두렁 골프는 앞으로도 많은 것을 없애면서도 새로운 것들을 또 얻게 될 것 같다.

[창작 노트]

* 제재 각색

* 내용

- 신변잡기류의 일상성을 제재 각색으로 변주
- 골프를 전혀 몰라 용어, 규칙 등을 먼저 익힘
- 비우고 채우는 삶의 심화
- 골프 문외한을 위해 전문용어 사용에는 설명을 자연스럽게 첨가

* 구성

- 화소의 배치 : 특이한 골프장 상황에 대한 독자의 이해 배려
  골프장의 특성과 분위기를 먼저 제시
  풀베기 골프의 동기 제시 후 골프 소감 전개

* 표현

- 수사 기교 활용 : 원근법을 통한 시선 이동 묘사
  은유법, 열거법, 점층법, 활유법 등 구사
  시각과 촉각의 공감각
- 후미 단락의 연쇄법 연결(갈라지는 창공-텅 빈 마음)
- 중반 이후에서는 감각적 표현의 묘미를 한껏 살림

분봉

봄바람 살랑살랑 불어오는 청명한 오월. 아침부터 마당 어귀에서는 벌들이 분주하다. 수백수천의 군사들이 수직으로 날아올라 하늘 가운데서 붕붕거리며 종횡무진 원을 그리다가 다시 벌통 앞으로 달려든다. 급정거 기능도 없는 공중에서 전속력으로 내닫다가는 순식간에 획- 하고 회전을 하는 동작이 날렵하다. 벌통 입구에는 또 다른 숱한 벌들이 무엇을 하는지 서로 새까맣게 엉겨 앵앵거린다.

분봉分蜂이다. 말로만 듣던 기이한 행사를 오늘은 운 좋게 보게 되었다. 은퇴 후 고향친구의 배려로 산골집에 토종벌 두 통을 들였

더니 지난해 늦가을엔 좋은 꿀을 선사하고서는 이젠 벌통의 숫자
까지 늘려 줄 모양이다. 일벌보다는 좀 크고 새까만 엉덩이를 가진
수펄도 여러 마리 보인다. 로열젤리를 먹는다는 여왕벌은 그림자도
찾을 수 없다.

느티나무 그늘 아래 쪼그려 앉은 우리 내외는 벌의 증식增殖을
맞은 기쁨과 동시에 이 녀석들을 잡아넣을 중대사를 감당해야 할
두려움에 마음을 조이며 지켜보고 있다. 녀석들이 어디에 가서 자
리를 잡을까. 먼 곳으로 달아나 버리면 어쩌나. 새 벌집에는 어떻게
집어넣을까. 잘못 건드려 확 흩어져 버리거나 떼거리로 달려들면
어떡하나. 온갖 근심이 아우르는 그 흥분된 와중에서도 나는 카메
라를 찾아 사진을 찍고 있다. 동영상을 찍다가는 또 녀석들 붕붕거
리는 하늘을 향해 연신 셔터를 누른다.

섬광이 번쩍! 눈앞을 가리더니 '철그득' 하는 셔터 소리가 들렸다.
눈을 떠 보니 직장 동료인 친구 녀석이 바로 내 코앞에 서서 눈을
찡긋하더니 이내 신부 얼굴에다 카메라를 들이민다. 나의 분봉날
이었다. 그날도 그랬다. 오늘처럼 온 동네가 웅웅거리면서 남녀노소
없이 오랜만에 나들이옷으로 갈아입고 예식장으로 와글와글 모여
들었다. 비록 여왕을 모시는 것도, 왕으로 등극하는 것도 아닌 시
절이었지만 떼로 모여 붕붕거리는 것은 예나 제나, 벌이나 사람이나

마찬가지였다. 신랑신부 마주서서 박수와 웃음소리 그득한 절차는 30년의 성장 기간에 비해서는 턱없이 짧았다. 신혼생활이 시작되었다. 내가 호주가 되고 세대주가 되었다. 명실상부한 나의 벌통이 독립한 것이었다. 우리는 열심히 꿀을 날랐다. 시대時代의 날씨는 전반적으로 궂은 날이 많았다. 게다가 꽃을 많이 기르는 시절도 아니었다. 햇볕 구경이 힘든 긴 장마도 있었고, 어쩌다 뜻밖의 꽃밭에도 들락거릴 행운도 있었다. 긴 시간을 새끼벌을 치고 그들에게 로열젤리를 먹이면서도 우리는 필연적으로 다가올 녀석들의 분봉과 우리 내외가 감내해야 할 '세월의 겨울채비'를 잊은 적은 없었다. 아이들이 자라면서 우리의 벌통도 점점 비좁아지고 있었다. 그렇게 30년이 또 흘렀다.

그러나 오늘은 내가 분봉의 주인공이 아니다. 벌통을 향해 셔터를 누르는 순간, 벌통 바깥에 붙은 녀석들이 어디론가 날아오른다 싶더니 하늘을 종횡무진으로 새까맣게 비행하던 녀석들이 일거에 없어졌다. 찬찬히 살펴보니 벌통 근처 나뭇가지에 우르르 옮겨 붙었다. 처음에는 납작하게 엉겨 뒤죽박죽이더니 차츰 모여들어 둥글게 뭉치기 시작한다. 야구공보다 좀 커지는가 싶더니 이내 축구공만큼 커졌다. 드디어 일족의 분가分家가 완성되는 순간이다. 벌을 쓸어 담기는 난생 처음으로 해야 하는 두려운 작업이라, 새 벌통에 옮기기 전에 녀석들의 결속력結束力이 궁금해서 부드러운 솔로 슬쩍슬쩍 밀어보았다. 뭉친 덩어리가 약간 흔들거리긴 하여도 생각보다는 매우 단단하게 뭉쳤다. 무슨 힘이 저들을 저리 단단하게 뭉치게 하는가. 여왕의 보호 본능일까, 아니면 새로운 삶의 터전을 개척해 나아가야 하는 불굴의 각오일까.

우리 내외는 벌들의 새 보금자리를 준비했다. 방충망을 뒤집어썼다고는 하나 1센티미터 눈앞에서 벌어지는 웅성거림을 견디며 녀석들을 통째로 새 벌통에 쓸어 넣는 일은 비명과 고함과 땀이 범벅이 되어 끝이 났다. 그러고 나서 나는 말했다.

"드디어 벌들의 세계에 새로운 독립 가족부를 하나 만들었다."

그러나 사실 우리 내외가 분봉을 시킨 것은 이번이 처음은 아니다. 맨 처음 시작한 신혼의 단칸방 벌통을 이리저리 옮기다, 칸수를 늘리는 것도 힘에 겨운 어느 가을이었다. 어느덧 머릿결 희끗해진 우리 내외는 새끼벌들이 조용히 분봉의 의지를 다지는 것을 눈치챘다. 그것은 벌통의 크기나 구조의 문제가 아니었다. 30년 전 내가 스스로 마련한 벌통을 지고 먼 길을 나서던 그런 유의 은밀하면서도 행복한 음모였다. 이젠 온 식구가 다 같이 겨울나기를 함께할 수 없음을 깨달은 우리 내외는, 철없는 녀석들이 험난한 세상의 꽃을 찾아 꿀을 나르기엔 아직 턱없이 서툴고 이르다고 느끼면서도 속으로는 마음을 다잡아 가고 있었다. 처음엔 서운한 속내를 숨기지 않던 아내가 먼저 분봉의 절차와 필요한 재료들을 정리하기 시작했다. 드디어 녀석들 들어앉을 작은 벌통을 하나 마련해 놓고, 혹시나 하는 마음에 설탕을 한 접시 더 넣어 두고는, 실바람 술술 부는, 하늘 청명한 날을 골라 저들의 분봉을 축복했다. 준비 기간의 시간과 노력에 비해 턱없이 짧은 분봉 행사였지만 우리 내외는 흐뭇한 서러움으로 지켜볼 수 있었다.

이젠 산골집 마당 하늘엔 그 많던 벌들이 거의 보이지 않는다. 이따금 꿀을 나르는 녀석들이 부지런한 날갯짓으로 오고갈 뿐이다. 분봉이 끝나 제 자리를 잡은 벌통 문을 열고 거울로 들여다보니 벌통 아득한 꼭대기에서 제법 동그랗게 뭉쳐 붕붕거리고 있다. 이제 갓 독립한, 몇 안 되는 저 녀석들이 언제쯤이면 빽빽한 벌집을 만들어 꿀로 가득 채우는 여유를 누릴까.

벌들은 분봉을 할 때 스스로 며칠은 먹을 수 있는 양식을 뱃속에 넣어 나온다고 한다. 그래도 나는 이들 얼마 되지 않는 어린 군사들이 새로운 터전을 확보하여 이 산자락의 당당한 일원으로서 자리잡을 수 있기를 기대하며, 우리가 먹고 있던 양봉洋蜂 밤꿀 한 접시를 살그머니 넣어 주었다.

[창작 노트]

* 제재 각색

* 문단 나누기

　　필자는 아주 특별한 경우에만 두 줄 행갈이로 문단을 나눔. 그런데 이 글에서는 꽤 많은 횟수인 네 군데를 나눔. 그것은 이 글의 화소가 과거와 현재를 몇 번 왕복하면서 전개되는 구성이기 때문

* 문단 연결

　　• 분봉과 나의 결혼은 카메라 셔터 작동의 연쇄법으로 수미쌍관 연결
　　• 분봉과 아들 결혼은 가족독립부 형성으로 연결

* 내용

　　• '분봉 = 결혼'으로 등치
　　• 토종벌의 분봉에다 나의 분봉, 아들의 분봉까지 연결

* 표현

　　• 인간의 결혼 생활 소재들을 꽃밭, 로열젤리, 꿀, 벌통 등 벌의 생태에 맞추어 비유적으로 형상화
　　• 필자와 아이들 분봉 부분은 상징적 의미로 묘사
　　• 부모 심경의 모순형용 구사 : 흐뭇한 서러움
　　• 섬세하고 따뜻한 어조

토종벌 뒷다리

어디서 저런 놀라운 힘이 나올까. 토종벌 한 마리가 벌통 출입구 손잡이 천장에 달라붙은 채 제 오른쪽 뒷다리 끝에 탁구공보다 큰 벌 뭉치를 매달고 있다. 대충 세어도 3, 40마리는 됨직하다. 사람으로 치면 2톤의 무게를 한쪽 다리로 끌어당기면서 철봉에 매달린 모습이다. 눈에도 잘 보이지도 않는 뒷다리를 축으로 삼은 벌 뭉치가 좌우로 빙글빙글 돈다. 역동적力動的으로 살아 움직이는 오묘한 구조물이다. 내가 보고 있는 지도 벌써 10여 분이 흘렀다.

토종벌과 말벌의 싸움이다. 벌통 입구 판자 밑에서 토종벌들이 말벌을 에워싼 채 매달린 것이다. 언제부터 싸움이 시작됐는지는 알 수 없지만 단단히 뭉친 것으로 보아 적어도 20분은 지난 것 같다. 처음에는 천장에 반원으로 뭉쳐서 붙어 있었는데 10여 분이 더지나자 윗부분도 점점 둥글어졌다. 처음에는 분주히 움직이는 벌들 사이로 유독 천장에 꼭 달라붙어서 기둥 같이 힘을 쓰는 녀석세 마리가 보였다. 앞다리로 천장을 붙들고 뒷다리는 그 아래 녀석들 여러 마리가 붙들어 공 모양의 벌 뭉치를 만들었다. 무게를 이기지 못해 금세 떨어질 것처럼 벌 뭉치가 흔들흔들한다. 그러더니잠시 후 천장에 매달린 두 녀석이 아래로 합류했다. 놀랍게도 이제는 벌의 뭉치가 한 녀석의 뒷다리 끝에 대롱대롱 매달렸다. 그런데이 녀석의 매달린 자세가 비뚜름하다. 자세히 보니 이 녀석의 오른쪽 뒷다리를 그 아래 녀석이 또 제 오른쪽 뒷다리로 붙잡고 거꾸로매달렸다. 거꾸로 매달린 두 번째 벌은 앞다리로는 또 제 아래쪽의벌들과 서로 맞잡은 채 엉겨 있는 형상이다. 첫 번째나 두 번째 벌의 왼쪽 다리는 어디에 있는지 보이지도 않는다. 하도 작은 녀석들이라 다만 이 녀석들의 기우뚱해진 몸의 균형을 보아 오른쪽 다리임을 짐작할 뿐이다.

아내가 급히 들고 나온 돋보기를 건네받아 쓰고는, 쏘이는 위험을 무릅쓰고 얼굴을 가까이 대보았다. 그제야 천장을 붙들고 매달린 벌의 다리들이 자세히 보인다. 투명한 명주실오리 같다. 제 오른쪽 다리는 아래에서 잡아당기게 늘어뜨려 놓고 앞발 네 개로는 천장을 잡아당기고 꼼짝 않은 채 석고처럼 붙어 있다. 가슴은 천장을 붙잡느라 45도로 기울어졌으나 허리 아랫부분은 다리를 뻗은 채 거의 수직이다. 어림잡아 제 몸무게의 40배는 됨직한 덩어리를 혼자 매달고 있다.

나의 산장山莊 농원農園에 고향 친구의 배려로 토종벌통을 몇 개 들였는데 가을이 되면 토종벌꿀을 빼앗기 위한 말벌의 공격을 종종 본다. 보통은 말벌이 토종벌통 주위를 빙빙 돌다가 토종벌을 한 마리씩 물고는 어디론가 날아간다. 크기가 토종벌의 3, 4배에다 말벌의 턱 한 방이면 토종벌의 몸통을 반 토막 낼 수 있다. 게다가 단한 번밖에 쏘지 못하는 토종벌과는 달리 말벌은 토종보다 몇 백 배강력한 독침을 무한정 쏠 수 있다. 말벌은 토종벌을 전혀 두려워하지 않는다. 토종벌들이 드나드는 입구에 빙글빙글 돌며 잽싸게 낚아챈다. 벌을 잡아먹으려는 건지, 몸에 지닌 꿀을 뺏어 먹기 위한 건지 초보자인 나로서는 알 수 없다. 토종벌은 맞설 엄두는 내지 못하고 그래도 요리조리 피하면서 꿀을 나른다.

그러나 공격하던 말벌이 벌통 안으로 들어가면 상황은 달라진다. 토종벌이 둘러싸면 토종벌보다 고온에 약한 말벌은 체온 상승으로 죽게 된다. 토종벌집 바닥에 죽은 말벌 시체를 가끔 볼 수 있다. 그런데 밖에서 이렇게 싸우는 것은 오늘 처음 본다.

천장에 매달린 녀석은 여전히 요지부동이다. 한 뭉치의 벌들을 매달고 말벌과 사투를 벌이고 있는 동료의 노고를 아는지 모르는지 다른 벌들은 꿀과 꽃가루를 나르느라 저들끼리 또 분주하다. 싸움에 동참한 벌 중에도 어떤 녀석은 천장을 붙들고 버티는 벌의 그 연약한 다리를 타고 오르내리면서 벌 뭉치에 어울리기도 한다. 또 어떤 녀석은 한번 날았다가 다시 벌 뭉치로 덜컹! 매달리기도 한다. 그럴 때마다 벌 뭉치는 심하게 요동을 치며 좌우로 빙글거리지만 천장을 붙든 이 녀석은 여전히 요지부동이다. 힘에 부치는지 이따금 파르르 날갯짓을 하기도 하고, 미끄러지는 앞다리를 천장에 밀착시키느라 앞발을 움직이기는 하지만 기우뚱한 자세는 불변이다. 보고 있는 내 몸도 절로 오그라든다.

버티고 있는 벌 주위로 분주히 다니는 녀석이나 뭉쳐 있는 덩어리에 올라붙어 이리저리 기어다는 녀석들은 말벌과 싸우는 데는 직접적 역할을 하는 것 같지는 않다. 무언가 상호 연락을 취하면서 정보를 주거나 행동 지침을 전달하는지도 모르겠다. 어쩌면 빈둥빈둥 놀면서 괜히 분주히 돌아다니는 척하는지도 모르겠다. 어쨌거나 천장을 잡고 버티고 있는 녀석은 제 할 일만 하고 있다. 말벌의 숨이 완전히 끊어질 때까지는 시간이 얼마나 더 걸릴지 모르겠다. 아마도 이 녀석은 싸움이 시작되던 애초부터 벌의 무리 깊숙이에서 스스로 버팀목이 되어 요지부동으로 있었으리라. 밖에서 무슨 일이 벌어지든, 이 전투의 전공戰功 훈장은 누가 차지하든 아랑곳하지 않고 전체 동료들의 운명을 한몸에 매단 채 안간힘을 다해 버티고 있으리라.

대체 저 놀라운 힘은 어디서 오는 것일까. 저 녀석도 팔다리가 저릴 것이다. 현미경으로 몇 배를 확대하면 연약한 저 다리의 피돌기를 볼 수 있을까. 제 몸무게의 40배를 실오리 같은 뒷다리 하나가 매달고 있는 이 오묘한 역동적 구조를 어떤 계산법이면 밝혀낼 수 있을까. 분봉分蜂을 할 무렵 축구공만한 토종벌의 단단한 덩어리를 볼 때마다 큰 덩어리 속에 숨은 그들의 놀라운 결속력이 늘 궁금했는데, 오늘에야 그 구조의 비밀을 조금 이해할 수 있을 것 같다.

사람 세상이든 동물의 세계이든 버팀목은 눈에 잘 뜨이지 않는 법이다. 더구나 요즘은 디자인이 각광 받는 시대이다. 디자인은 외양이다. 그러나 아무리 화려하고 아름답게 디자인된 위대한 구조물도 실은 그것을 지탱하는 주된 기능은 눈에 보이지 않는 깊숙한 곳에 묻혀 있다. 우리는 이 기둥을 눈으로 보지 못할 뿐이다. 어디 구조물뿐이랴. 이리저리 얽히고설켜 돌아가는 무형無形의 사람살이도 마찬가지일 것 같다. 그 중심축은 한 개인의 지도력일 수도 있고 어떤 유목적적有目的的 구심점일 수도 있겠다.

똘똘 뭉쳐서 매달린 저 녀석들의 오묘한 구조도 어떤 지도력이나 구심점과 연관이 있는 집단지성集團知性의 행동일지도 모르겠다.

그러나 역학적力學的 계산만으로는 도저히 설명이 안 될 것 같은 저 벌, 천장에 달라붙은 채 제 몸무게의 40배를 뒷다리로 매달고 있는 저 한 마리의 힘과 지구력은 어디서 연유하는 것일까.

　수십 년 전 기억이다. 유명한 서양 건축학자가 몇 백 년을 비바람에 버텨 온 유명 사찰의 일주문을 이해 못하고 공학적 계산에만 몰두한 채 오래도록 계산기를 두드리고 서 있을 때 동행했던 한국 학자가 '그 버티는 힘은 한국의 혼魂'이라고 했다던가. 그러고 보면 대롱대롱 매달린 저 토종벌 뭉치가 온전한 것은, 생사를 걸고 싸우는 동료들의 안전을 연약한 뒷다리에 매단 한 마리 토종벌의 위대한 정신력인지도 모르겠다.

[창작 노트]

* 제재 각색

* 구성

  • 첫 문장에 궁금증 제시
  • 보조 화소들(나의 농원, 사찰 건축가 등)의 산발적 삽입
  • 사실적 제재의 순행적 전개

* 표현

  • 대상의 섬세한 관찰을 통한 미시적 묘사
  • 제재의 재해석을 통한 의미 심화 확장

잡초의 영혼

무릇 생명 있는 것은 영혼이 있다. 어린아이에게 바람개비를 주면 반응이 한결같다. 바람개비가 안 돌면 팔을 휘둘러보거나 달음박질을 한다. 어린아이가 물리학의 법칙을 알 리가 없다. 과학 이전의 창조적 생명성이다. 식물도 마찬가지인 것 같다.

영혼은 본능과는 격이 다르다. 본능을 주어진 상황에 즉각적으로 대응하는 단순 반응으로 본다면 영혼은 상상과 추론推論으로 대응하는 고차원적 행위다. 물론 식물이 지닌 생명적 본능은 다양하고 끈질기다. 식물에게 음악을 들려주면 성장과 결실이 달라진다는 연구도 있는데 이는 음파에 의한 본능적 반응으로 볼 수도 있다. 또 씨앗은 제 몸보다 몇십 배나 무거운 돌멩이를 들어 올린다. 그게 안 되면 제가 옆으로 벋어서 머리를 내민다. 그마저도 힘겨우면 때가 오기를 웅크린 채 기다린다. 씨앗이 캄캄한 땅 속에서 얼마나 버틸 수 있는지는 모르겠지만 경남 함안에서 나온 연꽃씨앗은 700여 년 만에 꽃을 피웠다고 했다. 이름하여 '아라홍련'이다. 이는 과학기술과 결합된 덕분이기도 하겠지만 무엇보다도 씨앗의 본능적 생명성이 아니었다면 애초에 불가능했을 것이다.

그런데 발아, 성장, 개화, 결실 등의 반복적이고도 일관된 상황에 대응하는 생존본능과는 달리 외부로부터 가해지는 예측 불허의 복잡한 상황에 대처하는 능력은 영혼 없이는 불가능할 것 같다. 이 능력은 본능과 달리 예견되는 미래를 추론할 줄 알아야 가능하다.

은퇴 후 산골 자드락밭에서 식물들과 함께 살아본 지도 몇 년이 흐르는 동안 많은 것을 깨닫는다. 애써 가꾸는 나무들이나 채소류보다는 말썽꾸러기 잡초들과 벌이는 힘겨루기에서 뜻밖의 생명성을 체득하기도 한다. 식물 자체에 내장된 획일적 프로그램을 통해 영위되는 생명 유지의 단순한 본능이 아니라, 상상을 뛰어넘는 창조적 생명성을 통해 잡초에게도 영혼이 있음을 생각하게 된다.

아랫마을에 모내기가 끝나고 무논의 개구리 노랫소리가 아련히 들려오는 6월, 나의 산골 밭어귀 물기 촉촉한 곳에 키가 두어 뼘 자란 피 한 포기를 발견했다. 식물을 잘 모르는 사람들은 벼와 구분하기 힘들 것이나 어릴 적 피사리 경험이 있는 나는 멀찌감치 서서도 한눈에 알아차렸다. 우선 땅에 붙어 자라거나 옆으로 벌어지는 다른 잡초와는 모습이 확연히 다르거니와 볏잎보다 잎이 약간 넓고 억센데다 빛깔도 느낌이 달라 구분이 쉬 되는 편이다.

피는 긴 잎사귀를 힘차게 뽑아 올리는 품새가 매우 당당하다. 논농사에는 대단히 골탕을 먹이는 잡초의 대장급이다. 계속되는 가뭄에 거북등처럼 쩍쩍 갈라진 논에서도 남은 물기마저 다 빨아들여 독야청청獨也靑靑 싱싱한 녀석이라, 배배 꼬인 채 붉게 타들어가는 벼를 바라보는 농부의 마음을 더욱 아프게 하던 놈이다. 피의 씨앗이 이 산골까지 날아온 연유는 모르겠으나 씨앗 한 알에서 싹이 돋았을 녀석이 이미 가지를 쳐서 한 움큼이다. 밭농사에 별로 영향을 미치지 않는 녀석이라 성가실 일은 아니지만 잡초임에는 틀림없으므로 뿌리째 뽑으려고 잡아당겨보니 이미 단단히 박혔다. 맨손으로 뽑히지 않아 줄기째 바싹 뜯어버렸다. 그리고는 잊어버렸다. 일년에 잡초를 서너 번 베기만 해도 밭 언저리는 그냥저냥 볼만해진다. 우리 내외가 먹을 만큼만 재미로 일구는 밭이라 자라나는 잡초들을 오명가명 심심풀이삼아 낫으로 베면서 이리저리 한가로운 나날을 보냈다.

잡초들이 시들시들해지며 기운을 잃어갈 무렵인 10월 중순, 아침 저녁으로는 산골 동네의 기온이 꽤 내려가 군불을 지펴야 하는 계절이다. 잡초와 힘겨루기도 끝이 났다. 아직까지 살아서 버티는 녀석들도 겨우 땅바닥에 붙어 마지막 생명의 끈을 붙잡고 있을 뿐이다. 시도때도없이 싹둑 잘라버리는 주인의 바지런에 씨앗도 채 맺지 못하고 다가올 겨울을 기다리고 있다.

그런데 그들 사이에 유독 새파란 놈이 있어 무릎을 낮추어 자세히 보니 수시로 잘라내었던 그 피다. 하늘을 향해 굳건히 뻗어오르던 피가 이제는 나지막하게 옆으로 누워 한 뼘 남짓 사방으로 벌어져 자라고 있다. 서너 줄기가 뻗었는데 배가 제법 통통한 게 이상해서 한 가닥을 뚝 떼었다. 겉잎을 벗기고는 내 눈을 의심했다. 줄기가 뿌리에서 돋아나오면서 이미 씨앗을 배고 있는 것이 아닌가. 공중을 향해 1미터는 자라는 식물이 겨우 옆으로 퍼진 한 뼘의 배 속에 씨앗을 품고 있다니! 내일 모레면 바로 잎사귀가 벌어질 채비를 하고 있어 꽃을 피울 준비가 다 된 것이다. 4월에 싹을 틔워서는 7월 벼와 같은 배동 시기를 거쳐 8월에 패고, 10월이면 고개를 숙이는 녀석이 불과 달포만에 속성으로 번식의 준비를 서두르고 있는 것이다.

생각 없이 어찌 이럴 수 있을까. 이건 본능적 생명력이 아닌 것 같다. 기억하고 판단하는 능력이 있어야 한다. 정상적 생육 기간인 6, 7개월의 과정을 한 달 만에 끝내야 한다. 우선은 겨울이 오기 전까지의 생육활동이 가능한 날짜 계산이 있어야 한다. 그리고 한 달

여를 뿌리로만 버텨가면서 축적할 수 있는 자신의 영양 상태를 산정하고, 그동안 내뻗을 수 있는 잎의 갯수와 길이를 추측하고, 남은 영양으로 감당할 수 있는 씨앗의 총량을 예측해야 한다. 보잘것없는 피 한 포기가 시간이 얼마 남지 않았음을 알고 비상사태를 감지하여 몇 개월의 대장정을 단 한 달 만에 마무리를 하고 있다.

사흘에 피죽도 한 그릇 못 얻어먹는다는 말이 있었다. 이 말은 가난한 시절에 피가 양식이 되었다는 방증傍證이다. 그래도 흉년에는 피죽이라도 끓여 먹을 수 있었으니 고마운 일이었겠다. 정말 피血 같은 피稗였을 것이다. 실제 아주 옛날에는 피의 열매로 양식을 했다. 그러다 벼가 발견되고 개량을 거듭하면서 피는 변방으로 밀려나고 드디어는 척결의 대상이 되어버렸다. 그런데 묘하게 이 녀석도 벼과의 한해살이풀이다. 피의 앙갚음이라고나 할까. 제 녀석도 악착같이 벼와 함께하는 불굴의 의지를 지니고 있다. 오죽하면 '피사리'라는 독특한 농사용어가 생겨났을까. 농업과학은 또 같은 벼과인데도 피만 죽이는 농약도 이미 개발하였다.

계절은 굴참나무의 노르스름한 낙엽을 파르르 떨어뜨리고 있다. 산기슭 밭두렁에 앉아 옆으로 뻗어 누운 피의 통통한 줄기를 내려다보면서 나도 모르게 생명의 존엄함에 엄숙해진다. 피는 피대로 또 나는 나대로 삶의 방식이 각각 다르므로 일 년 동안의 낫질에 미안함을 느끼지는 않는다. 그러나 이번엔 차마 뜯을 수가 없어서 그냥 일어섰다. 늦가을이라고는 하지만 산자락 포근한 기슭, 아직은 따글따글한 오후의 햇살이 여유롭게 쨍쨍하다. 밀짚모자를 벗어들고는 먼 데 산꼭대기를 바라보니 꽃단풍이 층층이 피어 내려오고 있다.

[창작 노트]

* 제재 각색

* 내용

   잡초의 기억과 판단력을 집중 조명한 교술적 수필

* 구성

   논증적 성격, 신변잡기성 탈피를 위해 구성상 몇 가지 화소 첨가

* 화소 배치

   첫 단락에 어린이의 비유적 동원

* 표현

   대상에 대한 세밀한 관찰과 묘사

* 마무리의 암시적 비유

   '여유로운 햇살'로 피의 생명성 확보 가능성 예언

살구꽃 거품

사람이든 상품이든 선전과 홍보가 가치를 주도主導하는 외형지상
주의外形至上主義 세상이라서 그런지 식물에게도 시속時俗에 영합迎合
하는 거품현상이 생기는가 보다.

그렇게 화사한 꽃을 무더기로 피웠던 살구나무건만 올해는 열매
가 거의 맺히지 않았다. 매화나무 가지에는 열매가 촘촘히 박혀 있
는데도, 마당 어귀의 10년 넘은 살구나무 두 그루에는 빼곡히 맺혔
던 작년과는 달리 두 눈 닦고 살펴야 겨우 살구 흔적 한두 개 찾을
수 있는 지경이고, 뒷밭에서 첫 수확을 기대했던 5년생의 숱한 살
구나무들도 대부분 맹탕이다. '나, 살구나무요.'하며 품종 확인이라

도 하려는 듯 오리 가다, 십 리 가다 한 개씩 매달린 살구 알맹이가 이따금 가지에 앙달라붙어 있을 뿐이다.

왜 이럴까. 내 몇 년간 경험으로 확신하건대 거름 탓도, 병충해 탓도, 가지치기를 잘못한 탓도 아니다. 아무래도 날씨 탓인 것 같다. 날씨에 민감한 시골생활을 해 보니 봄 날씨도 참 여러 가지라는 것을 알게 된다. 작년 같은 이상 고온은 따뜻한 날이 계속되는 가운데 이따금 꽃샘추위가 한 번씩 휩쓰는 것이고, 올봄처럼 이상 저온은 거꾸로 꽃샘추위가 이어지는 가운데서도 따뜻한 날씨가 얼굴을 빼꼼히 내보이는 것이 다르다.

나는 은퇴 후 내가 살고 있는 산원山園이 한창 아름답거나 수확이 가능할 때 지인들을 초대하기 위해서 이곳의 개화 및 열매 수확 일정표를 대충 적고 있는데, 이 기록을 살펴보던 중 살구열매 허탕의 원인을 발견하고는 무릎을 쳤다.

근년의 기온이 전체적으로는 이상 고온이라 봄꽃들이 훨씬 이르게 피긴 했지만 올해는 3월에도 남부지방에 폭설이 내리고, 4월초에도 내가 사는 산골의 산수도가 얼어버렸던 날이 있었다. 그러나 아무리 꽃샘추위의 손톱이 앙칼지다 해도 역시 봄은 봄이라, 사이사이에 예년처럼 화창하고 따뜻한 날도 있었는데, 그나마 살구꽃이 만개했던 4월 초에는 산수도가 어는 폭탄 꽃샘추위가 하룻밤 닥친 것이 원인이었다. 살펴보니 그 이후에 꽃이 핀 자두, 배 등은 결실이 무난하다.

봄에 피는 꽃나무에도 몇 가지 종류가 있는 것 같다. 매화처럼 겨울에 꽃눈이 성장하는 수종, 지난 가을에 이미 꽃봉오리를 매단 채 겨울을 나면서 봄을 기다리는 동백, 천리향 등의 수종, 그리고 도리행화桃李杏花처럼 봄에 꽃망울이 돋아 우르르 피는 수종으로 봄에 화려하게 피는 꽃나무는 거의 이 부류이다. 어떤 꽃나무이든 겨울에 꽃망울이 돋는 매화의 혹한극복酷寒克服의 기질에는 비교가 못 되기에 조선의 선비들이 온갖 꽃나무 중에서 매화를 으뜸으로 대접한 것 같다.

매화나무는 볼품이 없는 나무다. 더구나 겨울 매화 가지는 마냥 죽은 듯이 바싹 메마른 삭정이나 진배없다. 그래서 매년 실가지를 살짝 부러뜨려 보고서야 살아 있음을 확인한다. 살구나무도 겨우 내 죽은 듯이 웅크리고 있기는 매화와 마찬가지다. 그러나 살구나 무는 봄기운이 감도는 3월이 되어야 꽃눈이 빠른 속도로 자라기 시 작하여, 매화가 지기 시작할 무렵 따뜻한 날을 골라 짧은 기간 동 안 경쟁하듯 다투어 피는 꽃이다. 그래서 이런 꽃들은 날씨에 매우 민감하다. 실제로 작년에는 온난한 기후로 매화가 아직 한창인 3월 하순부터 살구, 복숭아, 벚꽃, 심지어 4월의 목련, 5월의 라일락까 지 꽃이란 꽃은 다 몰려 피기 시작했다. 그러다 약하디약한 꽃샘추 위 한 방에도 몸살을 앓는다.

'왜 이렇게들 꽃을 피우지 못해 안달일까.'하다가도 곰곰 생각해 보면 나무의 꽃 피우는 생리는 나무만의 의지가 아니라 기온과 일조량 등 외부 요인이 좌우하는 것이라 딱히 나무를 탓할 일도 아닌 것 같다. 식물이니 당연히 꽃을 피워야 한다. 나무뿐이 아니라 생물은 모두 꽃 피우기를 소원한다.

사람도 마찬가지다. 긴 인생을 모두 꽃으로 장식할 수는 없겠지만 적어도 한 순간만큼은 화려한 꽃의 족적足跡을 남기고 싶어 한다. 꽃을 피우는 모습도 꽃나무와 비슷하다. 매화처럼 혹독한 겨울에도 꽃망울을 키워내는 사람이면 그는 지조가 굳은 사람이다. 동백이나 천리향처럼 미래의 봄날에 피울 꽃망울을 미리 차곡차곡 준비하는 것은 소박한 소망을 지닌 성실한 사람이다. 그리고 살구나무처럼 봄기운을 엿보아 한꺼번에 화사한 꽃을 피우는 이는 기회를 잘 활용하는 사람이다.

평범한 생활인으로서는 어느 인생이 더 나은지는 잘 모르겠다. 매화 같은 지조가 존경스럽긴 하지만 그 엄청난 고난이 두렵겠다. 살구꽃처럼 기회를 잘 잡는 것은 그 분야에 생각이 깊고 행보가 재빨라야 하니 이것도 평범한 사람이 쉽게 선택할 일은 아닌 것 같다. 아차, 잘못하면 꽃샘바람을 이기지 못하는 헛된 기회를 잘못 잡아 인생을 허방으로 날리게 될 것이다. 아무래도 우리 같은 장삼이사張三李四들이야 차곡차곡 준비하면서 제 알뜰히 뿌린 만큼 거두는 천리향 같은 꽃망울 피우기가 제격인 것 같다.

사람이 면전面前의 감언이설이나 미사여구, 목전目前의 이해득실이나 권력에 현혹되기 쉬운 것은 인지상정이다. 그러나 요즘은 기후도 변덕스럽고 세상의 인심도 염량세태炎凉世態요 조변석개朝變夕改다. 그래서 겉보기가 살구꽃처럼 화사한 사람도 그 사람의 생애가 어떠했는지는 화려한 거품이 사라진 다음에 맺는 그의 최종 결실을 보아야 알 수 있을 것 같다.

[창작 노트]

* 제재 각색

* 구성 및 표현

  • 2단 구성
  식물의 개화 현상 제시 후 인생사 유추
  '꼰대 의식'같은 훈시적 주제
  내용과 표현면에서 문학적 미감 결여

  꽃피우기의 인간 유형 3층위 전개
  훈시성 극복을 위한 제목 선정
  정서적 요소 부족으로 문학성이 결핍된 작품

4부 시골 생활 수삼제

집수리
이웃
비 오는 날
골목
낚시

집수리

낡고 작은 시골집을 사서는 헝클어진 마당을 정리하고 있었다.

"그 집에 살 끼라고 그러능기요?"

뒷짐을 지고는 구부정히 지나가시던 노인장께서 고개를 옆으로 돌리며 묻는다.

"예."

"이것도 집이라고 세를 놓던기요?"

"제가 샀습니다."

"세를 얼마나 주기로 했능기요?"

귀가 어두우신 모양이다. 나는 하는 일이 바빠 또 잡초를 뽑느라

고개를 숙였다.

아파트에 살아보니 너무 갑갑하다. 그래서 이번에는 도시 변두리 시골의 아주 낡은 집을 샀다. 단독주택이다. 좁은 터에 사립짝도 없는 촌집이지만 산기슭이라 전망이 시원해서 샀다. 주변이 대부분 밭인데다가 낮은 산자락의 언덕배기 골목을 끼고 있어 두어 채 이웃집 외에는 사람들의 통행이 별로 없는 곳이다. 공짜로 세들어 살던 노인 부부가 관리를 하지 못해 70년대의 슬레이트 지붕은 군데군데 금이 갔고, 잡초 투성이의 마당 가장자리는 찔레덤불로 욱었다. 이사를 오기 전에 우선은 사람 사는 모습의 정비가 필요했다.

여름 방학을 맞아 작업을 시작했다. 아내와 땀을 뻘뻘 흘리며 나무를 베고 풀을 뽑고 뒤쪽 대나무를 정리하고 지붕도 시멘트로 손을 좀 봤다. 며칠이 걸렸다. 노는 사람이 귀한 시골에다 산기슭 골목길이라 말을 거는 동네 사람 구경은 오늘이 처음이다. 허리를 폈더니 노인장이 여태 구부정히 서 계신다. 나를 힐끔 보고는 두어 발 걸어가더니 다시 뒤를 돌아본다.

"그래, 전세는 얼매나 달라카등기요?"

매우 안쓰러운 표정이시다.

"제가 돈을 주고 집을 샀습니다."

"아이고, 얼매나 돈이 없으면 이런 집을…. 마누라는 젊건마는…"

귀는 어두워도 눈은 밝으신 모양이다. 수건을 둘러 쓴 아내의 외양을 눈치채고는 우리 부부의 나이 차이까지 꿰뚫었나 보다. 뙤약볕에 일을 하느라 몰골이 엉망인데도 노인장께서 여자 보는 안목은 있으시다.

골목도 노인장만큼이나 한가롭게 구부정하다.

이웃

출근을 않는 어느 늦은 아침, 밖에 인기척이 있어 창문으로 너머다 보니 이웃집 또래가 마당에서 뒷짐을 진 채 어슬렁거린다. 무슨일인가 싶어 급히 신발을 끌고 나갔다. 그는 나의 출현과 상관없이이리저리 마당을 두리번거리고 있다.

"아, 이형이요? 어찌 오셨능기요?"

그제서야 고개를 돌린다. 여전히 두 팔은 뒷짐을 진 채로

"그냥."

하고는 씽긋 웃으며 마당을 한 바퀴 돌더니 슬그머니 대문을 나간다. 뒤따라 나가보니 그는 이미 저만치 골목을 돌고 있다.

돌아서 보니 대나무로 엮은 대문 귀퉁이에 오이 꼭지가 보이는 묵직한 검정비닐이 걸렸다. 가지 두어 개와 애호박도 들앉았다. 티를 내지 않는 시골인심은 오늘도 대문간에 넉넉하다.

비 오는 날

여름 농촌은 늘 바쁘다. 그러다 비가 오면 공일이다. 점심을 차리
는데 전화가 온다. 동네 어른이다.

"지금 비 와서 일 안 하제? 얼른 건너오게."

"예?"

"국시 한 사발 삶아 놨다."

그러고는 전화가 딱, 하고 끊긴다.

시골 전화기는 비 오는 날 불이 난다.

골목

―――

퇴직을 하고는 아이들 집으로 이리저리 돌아다니느라 집을 종종 비우는 사이 옆집으로 할머니가 이사를 온 모양이다. 어느 아침나절에 차를 몰고 와서는 사립짝을 열기 위해 골목에 차를 세웠다.

"아따, 밤일하고 오능기요?"

"아니요, 아들집에 다녀옵니다."

"이 골목에는 사람이 귀하다우."

묻지도 않는 말을 하시면서 골목을 돌아서 가신다. 며칠 후 저녁 무렵 차를 몰고 나서는데 골목에서 어정거리던 할머니와 또 마주쳤다.

"밤일 나가능기요?"

역시 귀가 어두우신 할머닌가 보다. 나는 '예' 하고서는 목례를 한다. 혼자 노니는 할머니 발걸음만큼이나 골목길은 무료하다.

낚시

강가에 낚시를 하러 갔다. 어차피 넓은 강폭이라 입질은 별로겠지만 그냥 우두커니 앉아있기도 뭣해서 갈대가 없는 곳을 골라 달랑 한 대만 드리웠다. 제멋대로 놀던 물병아리들이 낯선 분위기에 좀 어색해 할 뿐 삽상한 바람에 운치도 그만하다.

볏논에서 피사리를 하면서 지나가던 노인장이 밖으로 나오더니 내 옆에 슬그머니 쪼그린다. 입질은 종 무소식이다. 농부도 무료한지 담배를 한 대 꺼내 문다. 잠시 후 자세도 아예 퍼질러 앉는다.

나는 물에 잠긴 미끼가 궁금하지만 빈 낚싯대를 들어올리기가 좀 뭣해서 그냥 앉아 있다. 농부는 연이어 담배를 한 대 더 당기더니

"여기서 머 하능기요?"

"…"

"머가 있긴 한기요?"

꿈쩍도 않는 찌도 궁금하려니와 그렇다고 낚싯대를 추어보지도 않는 내가 무척이나 답답한 모양이다. 내가 싱긋 웃으며 힐끗 쳐다보니

"고기 낚고 있능기요, 시방?"

그러고는 부스스 일어서더니 논으로 첨벙, 들어간다. 나도 심심해서 물을 찍어 세수를 해 본다. 혀끝으로 물맛도 본다.

강물은, 시골 강물은 할 일 없이 참 싱겁다.

[창작 노트]

* 제재 윤색

* 구성과 표현

　단일 화소의 짧은 형식구사
　옴니버스(omnibus)식 구성
　시골 사람들 일상의 단면을 나열
　생동감을 위해 대화체를 그대로 사용

　서사, 설명, 묘사를 적절히 혼용
　익살 혹은 암시적 서정으로 마무리

5부 노인 예찬

노인 예찬

봄은 꽃으로 아름답고 가을은 잎으로 아름답다.

봄과 가을은 모두 붉게 번지는 꽃불의 계절이다. 봄꽃은 낱낱의 송이마다 꽃으로 피어나고, 가을잎은 삼삼오오 벗을 모아 단풍으로 번져난다. 청춘靑春의 피부처럼 싱그러운 꽃은 혼자서도 꽃이지만, 노년老年의 피부처럼 까칠한 낙엽은 어울려서 꽃이 된다. 청춘은 화병에 꽂아놓고 감상하는 꽃이고, 노년은 책갈피에 끼워두고 사색하는 단풍이다. 화사한 꽃같이 아름다운 청춘은 꽃봄花春의 계절이고, 메마른 단풍같이 아름다운 노년은 잎봄葉春의 계절이다.

꽃봄 인생이 잉걸불이라면 잎봄 인생은 잿불이다. 꿈꾸는 미래를 장작더미로 불태우는 청춘은 오늘의 향기로 벌과 나비를 불러 모으지만, 이미 헌신한 제 몸의 찌꺼기를 불태우는 노년은 지난날의 향기로 인생의 상념想念을 불러 모은다.

꽃봄 인생은 현재의 아름다움에 도취하고 잎봄 인생은 지난날의 아름다움에 도취한다. 화려한 빛깔과 부드러운 살결을 뽐내는 꽃은 가까이서 보면 더 향기롭고 아름답지만, 까칠한 피부에 검버섯 돋아난 단풍은 멀리서 보아야 아름답다. 손거울을 들고 다니는 청춘은 꽃밭 속에 꽃이 되어 사진을 찍고, 집에 거울을 두고 다니는 노년은 아름다운 산을 배경으로 사진을 찍는다.

꽃봄 인생이 생명의 확산이라면 잎봄 인생은 불티의 확산이다. 대지의 열기를 모은 봄꽃은 부드러운 숨소리를 아지랑이로 내뿜고, 하늘의 냉기를 받은 낙엽은 힘겨운 숨소리를 기침으로 내뱉는다. 강둑에서 피어오른 봄꽃은 따뜻한 햇볕 쏟아지는 산등성이로 타오르고, 산꼭대기에서 번져 내려온 단풍은 마을 어귀를 굽이지는 강물 위로 젖어든다.

꽃은 씨방을 키우기 위해 붉은 교태를 부리고, 잎은 자양분을 공급하기 위해 푸른 노동을 한다. 꽃이 촉촉한 입술을 은밀하게 오므리고 펴면서 화사한 몸짓으로 삶의 영속永續을 위한 새 생명의 잉태를 꿈꾸는 동안, 잎은 좌우심실左右心室로 나뉜 심장에서 뻗어 나온 굵고 가는 엽맥葉脈 핏줄을 통해 온몸에 피돌기를 계속한다. 밤

낮 숨고르기를 하며 넉넉한 그늘로 덮어주는 잎은 어머니의 심장박동처럼 제 품에 안겨드는 곤고艱苦한 세상사를 포근하게 품어준다.

잎봄 인생이 치아가 다 빠진 채 마른 입술로 오므라든 것은 제 몸의 수정受精을 끝냈기 때문이요, 검붉은 핏줄이 온몸으로 불거져 나오는 것은 꽃봄 인생이 남긴 열매를 위해 마지막으로 내뿜는 힘 겨운 심장의 펌프질 때문이다. 꽃잎은 황홀한 수정으로 제 몫을 다하지만 나뭇잎은 거친 제 살갗이 다 헤질 때까지 잎맥을 통해 내보내는 따뜻한 호흡을 멈추지 않는다. 이는 곧 허리 굽은 부모님이 제 씨방에서 터져 나간 먼 곳의 자식들에게 보내는 한결같은 마음이다. 그것이 때로는 아파트 발코니에서 하염없이 허공을 바라보며 두 손 모으는 시름겨운 마음일 수도 있고, 때로는 먹거리를 위해 해 종일 논밭의 김을 매는 애틋한 마음일 수도 있다. 어느 쪽이든 마음의 고향에는 이글거리는 햇살 아래 백로 한 마리가 엎드린 푸른 밭고랑이 있는 것이다.

꽃이 먼동빛이라면 단풍은 석양빛이다. 동산 너머에서 발돋움한 팽팽한 얼굴의 꽃봄 인생은 풋풋한 몸으로 파란 하늘의 흰구름을 향해 더 높이 훨훨 날아오르며 진한 꽃향기를 내뿜는다. 그때 허연 머리 이고, 굽어진 허리 부여잡고, 무릎 휘청거리는 잎봄 인생은 서산 너머로 사위어가는 제 그림자 허위허위 끌고 가면서도, 세월의 연륜 담아 짙게 팬 굵은 주름, 검버섯 듬성듬성한 얼굴에서 향수어린 흙내음을 풍긴다.

당唐 시인 두목杜牧이 〈산행山行〉에서 '서리 맞은 단풍이 봄꽃보
다 더 붉다霜葉紅於二月花.'고 한 것이 어디 꽃으로 아름다운 겉모습
만 보고 읊은 시구詩句이겠는가.

가을은 이미 제 몸의 모든 기운을 다 소진한 탓에 본바탕은 노인
의 빛깔인 은빛silver이다. 조락凋落의 계절이 지나 단풍잎마저 다 떠
나보낸 앙상한 나무들이 탄탄한 몸으로 겨울을 맞을 즈음, 살얼음
지피는 강둑이나 찬 서리 흩뿌리는 산기슭으로 올라보라. 온몸으
로 부대끼며 강과 산을 푸른 바람으로 비질하던 갈대숲, 억새숲이
어느덧 세월의 겨울바람 되어 은빛 물결로 일렁이고 있음을 본다.
이때는 휘몰이로 굽이지던 도도한 물길도 긴 생애의 하류下流에 이
르러 유유한 은빛으로 반짝이고, 어쩌면 금세라도 하얀 눈 몇 송이
를 겨울꽃으로 피워 내릴 것 같은 하늘도 은빛이다. 그래서 잎봄 인
생인 노년은 'silver spring'으로 의역意譯함이 좋다.

꽃은 떨어질 때도 꽃비가 되어 아름답지만 잎은 떨어지면 우수
수 처량하다. 낙화洛花는 이내 녹아버려 화려했던 한때의 젊음은
흔적도 없이 사라져 꿈속에다 아련히 묻지만, 낙엽落葉은 겨우내 제
뿌리를 덮고 있다가 봄비를 맞으면 그때야 다 헤져 버린 제 육신을
흙 속에 묻어 거름으로 마지막 봉사를 한다.

꽃은 떨어져 씨앗을 남기고 잎은 떨어져 눈牙을 남긴다. 지는 날까지 붉은 빛을 잃지 않는 꽃봄花春 인생은 열매를 잉태해서 행복하지만, 연둣빛으로 태어나 푸르른 삶을 살다 붉게 어우러지는 단풍되어 한 줌 부엽토腐葉土로 돌아가는 잎봄葉春 인생은 다 주고 가는 껍데기라서 행복하다.

[창작 노트]

* 제재 치환

* 구성과 표현

제재를 꽃 이미지로 변주한 시적 서정의 글
청춘(봄꽃)과 노인(단풍) 특성을 시정詩情으로 형상화
제재를 다양하게 긍정하면서 시종일관 비교, 대조를 연출한 대구법 전개
두목杜牧의 '산행山行'을 주제에 맞추어 재평가한 화소 삽입
어조 : 애틋하고 따뜻한 분위기 조성

* 내용과 표현(《창작문예수필》 8호, 2012.10. 이관희의 작품평)

(전략)비평자는 서태수라는 작가를 전혀 모른다. 필자가 아는 것은 서태수라는 작가가 보내온 이 작품은 지난 1백 년 동안 써온 절대다수의 천편일률적인 단세포적 신변잡사가 아니라는 사실이다.

이 작품은 일견 서사구성법의 작품으로 볼 수도 있겠지만 비평자는 그보다 시적 구성법의 작품이라고 본다. 시적 구성법이란 시적 발상의 직관적 언어 창조 구조의 구성법을 의미한다.(중략) 쉽게 말하면 산문으로 쓴 시라 할 수 있다.(중략)

이 작품은 제목에서부터 분명하게 '이 작품은 산문 형식의 작품입니다.'라는 작가의 제작 의도를 나타내고 있는, 순전한 산문형식의 문학작품인 것이다.

그럼에도 우리는 이 작품을 통해서 시를 감상하게 된다. 왜 그런가? 이 작품의 창작 발상은 시적 언어창작의 발상에 있기 때문이다.(중략)

이 작품은 서두부터 작품 말미까지 '노인'에 비교되는 대상을 이끌어다 '노인'과의 관계 맺기 구성법을 통해서 '노인 예찬'의 '예찬'을 형상화하고 있다. 그 집요한 관계 맺어주기 구성법을 도표로 예를 들어보면 다음과 같다.

봄	가을
꽃으로 아름답고	잎으로 아름답다
꽃으로 피어나고	단풍으로 번져난다
꽃은 혼자서도 꽃	단풍은 어울려서 꽃
청춘은 화병에	노년은 책갈피에
청춘은 꽃봄花春의 계절	노년은 잎봄葉春의 계절

위의 도표는 서두 문단을 예로 든 것이다.(후략)

내리막

본능일까, 아니면 지혜일까. 벚꽃 흐드러지게 만개한 봄날, 아파트 놀이터 인도人道 가장자리의 반 뼘 남짓한 길바닥 턱을 내려서고 있는 돌잡이 어린아이가 너무나 신중하다.

흙을 채워 만든, 제 키 높이의 꽃밭 마루턱에 딱 붙어 서서, 두 손으로는 마루턱 모퉁이를 단단히 붙잡고, 뒤돌아서서는 오리 궁둥이 같은 예쁜 엉덩이를 엉거주춤 내민다. 상체는 마루턱을 향해 왼쪽으로 완전히 기울었다. 먼저 왼쪽 다리를 살그머니 내려 본다. 어디에서 저리도 작고 보드라운 연둣빛 신발이 났는지. 갓 돌은 애기나리 잎사귀 같은 앙증스런 발바닥을 곧게 펴서 발

끝이 바닥에 닿는지 곰지락거려본다. 바닥과의 간격이 2, 3센티미터쯤 떨어졌다. 오른쪽 무릎을 굽히는 둥 마는 둥 했으니 왼발이 바닥에 닿을 리가 없다. 그냥 톡- 하고 발을 내리면 되겠지만 고개를 돌릴 수가 없어 보이지 않는 발아래가 마냥 겁이 날 것이다.

한 번 시도해 보더니 안 되겠는지 아래로 내리는 다리를 바꾼다. 아무래도 그 자세는 불안한 모양이다. 왼쪽으로 몸의 중심을 모으고 또 두 손을 왼쪽에 있는 마루턱을 붙잡은 데다 발까지 왼쪽 발로 내리려니, 온몸의 무게 중심이 흐트러져 왼쪽 상체와 오른쪽 하체의 균형 잡기가 쉽지 않을 것이다. 그렇다고 오른쪽 다리를 굽히면 무게 중심이 오른쪽으로 기울어져 왼쪽의 꽃밭 마루턱을 놓칠까 겁이 나는 모양이다.

이번에는 오른쪽 다리를 살그머니 내려 본다. 그런데 희한하게도 오른쪽 다리를 바로 곧게 내리지 않고 왼쪽 다리보다 더 왼쪽으로 꼬아서 내린다. 오른쪽 발바닥이 왼쪽 발뒤꿈치에 달라붙는다. 모시나비 날개 같다. 뒤에서 보니 오른쪽 다리는 완전히 왼쪽으로 굽은 모양이다. 두 다리가 완전히 ×자로 교차되었으니 오른쪽 발바닥이 땅에 닿을 리가 없다. 아무래도 꽃밭 마루턱의 반대편인 오른쪽으로 몸이 기우는 것이 불안한가 보다. 잠시 꾸물꾸물하더니 온몸을 왼쪽의 마루턱에 기대면서 왼쪽 무릎을 살며시 굽혀본다. 몸의 무게 중심은 꽃밭 마루턱이 있는 왼쪽, 그것도 상체에 다 실은 모양이다. 두 손은 왼쪽의 꽃밭 마루턱을 힘껏 붙잡았을 것이다. 균형이 잡힌 듯 오른쪽 발바닥이 하늘을 한 번 향하더니 이내 땅바닥이 발가락 끝에 와 닿는다. 드디어 연착륙이다. 연분홍 벚꽃잎 두어 장 발등에 팔랑, 내려앉는다.

오른쪽 발바닥이 땅바닥에 온전히 닿자 X자로 꼬아진 왼쪽 다리를 풀면서 똑바로 일어서더니 오른쪽 발을 옆으로 내딛는다. 그리고는 언제 그리 고심했냐는 듯 만면에 웃음을 담아 까르륵거리며 뒤뚱뒤뚱 걸어간다. 가더니 다시 꽃밭의 저쪽 바닥 턱을 올라선다. 턱을 오를 때는 꼭 같은 높이지만 아무런 주저없이 그냥 올라선다. 원추리, 비비추 여린 잎들이 옹기종기 고개를 내미는 꽃밭을 한 바퀴 돌더니 아까의 그 자리로 다시 왔다. 그리고는 아까와 꼭 같은 자세로 내려서기를 시도한다. 왼쪽의 꽃밭 마루턱을 꽉 붙들고, 왼쪽 무릎을 약간 굽히고 오른쪽 다리를 왼쪽으로 구부려 X자를 만들더니 단번에 내려선다. 다시 꽃밭을 돈다. 오르고 내리기에 재미를 붙였는지 몇 번을 반복한다. 그때마다 오를 때는 거리낌이 없이 오르고 내릴 때는 신중에 신중을 거듭한다.

인간은 본능적으로 오르막보다 내리막이 더 어려운 모양이다. 어른이 되어도 마찬가지다. 계단이든 등산길이든 다리에 무리가 더 가는 것도 내리막길이다. 내리막길에 더 잘 넘어진다. 내리막길의 사고는 더욱 위험하다. 그래서 오르막길에는 열정이 필요하지만 내리막길에는 균형을 잡는 자세가 필요하다. 균형을 유지하는 것은 지혜다. 인생살이도 그렇다.

우리는 모두 언젠가는 내려가야 한다. 지위든 명예든 오르기만 할 수 없는 것이 인생이다. 나이가 들면 일생一生도 내려가야 할 때가 온다. 계속 오르고 싶은 것이 인간의 욕망이겠지만 사람은 모두 각자가 최종적으로 두 발 딛고 설 수 있는 제 몫의 정상頂上이 있다. 그 이상은 나아갈 수 없는 노릇이다. 정상의 위쪽은 뜬구름일 뿐이다. 제 몫의 정상을 알기란 참으로 어렵겠지만 이미 정상에 와 있으면서도 더 나아가기를 욕심부린다면 그 욕망은 허방딛기가 아니겠는가.

내려가야 할 때를 알고 결행決行을 하는 것도 쉬운 일은 아니겠지만 내려가는 동작은 본능적으로도 어려운 모양이다. 그래서 더욱 지혜가 필요한 것 같다. 한 뼘도 안 되는 턱을 내려오는 돌잡이 어린아이처럼 조심스러운 본능에, 삶의 지혜가 어우러져야 아름답게 내려올 수 있을 것 같다.

멀찌감치 떨어져 지켜보는 포근한 눈빛, 걱정과 안도가 교차하는 엄마의 얼굴빛을 이따금씩 확인하면서, 아이는 난생 처음 해 보는 듯 제 몫의 오르내리기를 반복하고 있다. 계절은 또 연둣빛 잎새들 사이로 따듯한 햇살 알알이 쏟아지는데, 꽃바람 살랑 불자 절정을 갓 지난 벚꽃잎들이 하르르 지는 아름다운 봄이다.

[창작 노트]

* 제재 각색

* 구성

• 2단 구성

전반부에서 상황을 묘사하고 후반부에서 의미를 심화 확장

첫 문단에서 주제의 방향을 제시 : 독자의 관심 유도

• 수미상관首尾相關

    - 인생의 아름다움 은유

    - 글 전체를 벚꽃 피는 모습 속으로 포옹

    - 서두는 만개한 모습, 말미는 낙화하는 모습(내리막 이미지)으로 대조

* 내용

미학적 효과를 위해 체험 사실의 변주를 유도

    - 손주를 돌보던 직접 경험의 내용이지만 서정의 심화 효과를 위
      해 '나'를 배제

    - 마무리에서 현장에는 없던 아기 엄마를 허구적으로 등장시켜 심
      리적 안정감 유지

* 서정성 확보

아기 행동 묘사를 정밀하게 포착

서정성 확보를 위해 주변 묘사를 통한 중의적 효과 유도

전반부 묘사 부분에서 모시나비 날개, 새싹, 꽃잎을 동원

의미의 전도 효과 : '땅바닥이 발가락 끝에 와 닿는다.'

마무리에서는 '연둣빛 잎새, 벚꽃 만개, 낙화'를 통해 신구 세대의 대조를
상징으로 제시

* 문체 및 호흡

간결체와 만연체를 문맥 상황에 맞게 구사

긴장감과 여유로움의 조화 유도

누에고치

누에고치를 보면 엄마의 마지막 모습을 떠올립니다. 푸른 물길로 일렁이던 뽕밭을 바장이던 아픈 무릎 오그리고, 하얀 명주실 친친 감고 누운 번데기.

20여 년 전 강마을 본가本家의 작은방에 여윈 노구를 웅크린 채 하얀 이불을 덮고 누워 계시던 엄마. 요즘은 누에고치를 직접 볼 일은 많지 않지만 겨울 길거리에서 김이 모락모락 올라오는 먹거리 번데기를 보아도 생각은 마찬가지입니다.

칠 남매 막내였던 나는 태어나자마자 할머니를 만났습니다. 우리 엄마는 나를 마흔에 나으셨거든요. 내가 본 엄마는 평생을 병약하신 모습이었습니다.

몸피가 참 아담하셨던 우리 엄마! 옥양목 하얀 치마저고리를 입고 강변 밭 언저리를 맴돌며 종종걸음을 걸으시던 엄마. 어릴 적 너른 김해들판 한 귀퉁이 좁은 밭고랑에서 김을 매느라 오그리고 계신 모습에서 한 마리 백로를 떠올리곤 했습니다.

초등학생 시절, 학교가 파하면 강둑을 따라 소 풀을 뜯기는 지루한 일거리가 내 몫이었습니다. 잔잔한 강물 위에 석양빛 녹아 흐르는 저녁나절, 배부른 송아지 데불고 집으로 오면 큰형수님 차려놓은 저녁 밥상머리에 끼어들기 전에 들밭머리의 엄마를 찾으러 가는 일이 또 하나 더 남아 있었습니다. 엄마가 하도 밭에만 계시기에 한 번은 제가 이렇게 쫑알거렸습니다.

"이담에 엄마 죽으면 난 밭에 와서 울 거야."

그 무렵 어느 날, 갈대로 만든 거미줄 테를 들고 배추흰나비 쫓느라고 강둑길 배추밭을 빙빙 돌다가 넘어졌을 때, 손자 같은 막내둥이 무릎의 흙먼지 털어내시며 당신 혼자 중얼거리던 말씀.

'이놈 고등과만 마쳐 놓고 죽었으면…'

손끝 배추흰나비 날개처럼 파르르 울리던 그 말씀. 어린것이 못 알아들었으리라고 생각하셨겠지만 강바람에 몰래 떨리던 갈댓잎 같은 젖은 음성은 지금도 내 가슴에 세월 속 물이랑으로 미어지고 있습니다.

옛말에 '골골백년'이라더니, 그래도 우리 엄마는 여든 넘어까지 사시어 막내둥이의 두 손주 장성한 모습도 보셨습니다. 엄마는 돌아가시기 전 얼마 동안 자리보전을 하고 계셨습니다.

두 팔은 가슴에 다소곳이 얹고 다리 웅크리고 누워 계시던 엄마!

하얀 이불을 덮은 그때 모습이 꼭 누에고치 같았습니다. 내 아주아주 어릴 적 산골마을에 살 때 우리집에도 누에를 치고 명주실을 자앗거든요.

내가 20여 년 전 엄마의 웅크린 누에고치 모습을 최근에 다시 보게 된 것은 요양병원에서였습니다. 장모님을 모시고 찾은 요양병원에는 하얀 누에고치가 방방이 칸칸이 누워 있었습니다. 머릿속에 언뜻, 나 자신의 미래 모습이 떠올랐습니다.

파란만장한 생애의 긴 시간들이 다양한 모습의 또아리를 틀어, 농수로로 흘러가는 샛강 물길마냥 맴돌고 있었습니다. 과거에만 매여 딴소리를 하는 분, 침대에 어중간하게 누워 아무에게나 엉뚱한 말을 건네는 분, 빈 천장을 향해 초점 없는 눈빛을 던지고 계신 분
…

일제 식민지 시대, 해방, 6.25 등의 아픈 민족사의 수난을 송두리째 겪었으면서도 삶의 풍요를 마음껏 누려보지 못하고 이승의 황혼을 맞이하신 분들.

엄마와 장모님이 하시던 말씀이 생각났습니다.

"내 살아온 이야기를 소설로 쓰면 몇 권은 더 될 거다."

생애의 거친 이랑에서 종종걸음 멈추고 아픈 무릎 웅크린 채 누웠습니다. 하얀 명주실 친친 감은 누에고치들, 새로운 나비로의 환생을 꿈꾸는 번데기들이었습니다. 한 잠 두 잠 허물 벗어 후생後生엔 고운 날개 어느 하늘 나실까.

때마침 김해공항에서 비행기 한 대가 흐르는 듯 맴도는 낙동강 물길을 활주로 삼아 힘차게 날아오르고 있었습니다.

[창작 노트]

* 제재 각색

* 구성과 표현

　누에로 비유된 두 개의 이야기를 묶음
　형식 단락을 작게 나눔 : 내용 전개의 속도감 유지와 시각적 분량 조절
　경어체 어조 사용으로 숙연한 분위기 조성

　생각의 여운을 위해 명사로 끝나는 문장의 잦은 사용
　서정성 확보를 위해 묘사적 화소 첨가
　비행기의 비상을 통한 환생의 암시로 마무리

무장지대武裝地帶 사람들

북녘 땅에 버스가 멈췄다.

호흡을 가다듬었다. 눈을 지그시 감고 두 발을 모았다. 그리고 마음속으로 '하나, 둘, 셋!' 하고는 '통!' 뛰어 내렸다. 시멘트 바닥이었다. 눈을 떠보니 바로 앞에 초록색의 철망이 길을 따라 가장자리를 감싸고 있고, 그 사이사이로 말라죽은 쑥대 몇 가닥이 엉성하게 늦겨울의 봄 같은 바람에 흔들리고 있다. '탈출, 잠입'의 국가보안법 용어들이 뇌리를 스치면서도 온통 바위뿐인 야산이라는 낯선 느낌이라는 것 외에는 60년간 민족의 갈등과 수난과 아픔을 다 품고 있는 분단의 민족사를 추억하기에는 좀 황량하고도 싱거운 들녘이다.

그러나 이미 귀에 익숙한 '반갑습니다'의 낭랑한 노랫가락이 귓전에 울리고 있어 비로소 여기가 북녘이라는 애틋한 감상에 젖어든다.

사실 교사들의 연수 일정에 따라 남측 CIQ를 지나 '출경出境'이라는 이상한 과정을 거칠 때만 해도 60이 다 된 나이에 걸맞지 않게 매우 두근거리는 가슴이었다. 허나 남방한계선을 지나 그 유명한 '비무장지대'의 한가운데에 아무렇지 않은 듯, 특별한 표식도 없이 그냥 평범하게 서 있는 망가진 시멘트 말뚝 한 개뿐인 통한의 〈군사분계선〉을 확인했을 때는 그 무덤덤한 표정에 좀 어이가 없기도 했다. 그래서 나는 이번 연수에서 금강산의 의미는 마음에 두지 않기로 했다. 내가 보고 생각하고자 한 것은 분단의 아픈 과거도 아니요, 천만년 그대로인 금강산을 보고자 한 것은 더구나 아니다. 나는 다만 북측 동포들의 아주 작은 부분이라도 그들의 진정한 삶의 모습을 경험하면서 남측 사람들의 애정 어린 동포애를 보여주고 싶을 뿐이다.

햇살이 금강산 봉우리에 뉘엿뉘엿 넘어가고 있다. 제법 너른 들판 저쪽 끄트머리 '봉화'라고 하는 마을에 시멘트기와를 얹은 듯한 민가가 나지막하게 보이고 집집마다 저녁밥을 짓느라 굴뚝에서 옅은 연기가 흘러 마을을 감싸는 품이 마치 우리들 70년대의 시골 풍경같이 고즈넉하다. 들녘의 농로 옆에는 송아지 두어 마리가 한가로이 서 있고, 담장 낮은 어느 농가에는 중년쯤 되어 보이는 아낙네가 부엌에서 허드렛물을 마당으로 좍- 뿌리고는 이내 뒤란으로 사라진다. 마치 내 유년시절의 어머니 모습 같다.

숙소 근처에는 북측 사람들은 보이지 않고 온통 현대관광의 남측 직원들이거나 아니면 중국교포들이라 좀 싱겁다. 숙소에서 TV를 켜자 채널은 모두 남측 방송이다. 이튿날 금강산을 오르며 오늘은 북의 냄새라도 좀 맡을 수 있으리라는 기대감을 지니고 구룡폭포를 향했다. 곳곳의 암벽에 이념이나 독려의 문구가 새겨져 있었고 북측 정치지도자의 흔적을 군데군데 비문으로 세워두었다. 특정 지역의 특징적 문화는 그대로 인정하기로 하자는 생각으로 관찰의 눈으로만 바라보았다. 역시 겨울의 금강산은 글자 그대로 개골산皆骨山이었다. 한참을 오르니 길에 좌판을 벌여놓고 두 명의 처녀가 물건을 판매하고 있다. 북측 사람들과의 접촉에 대한 사전 교육을 되뇌면서 슬슬 그들의 눈치를 보았다.

"따뜻한 커피 한 잔 하고 가세요."

뜻밖이었다. 이들도 호객행위를 할 줄 아는가? 우리 일행이 머뭇거리자 그중 한 처녀가 미소를 띠면서 말을 했다.

"설마 그냥 올라가시겠어요?"

순간 '아하. 이들이 지금 우리를 상대로 장난기 어린 농담을 하고 있구나.' 하는 생각이 들자 문득 경계의 굳은 마음이 풀어지기 시작했다. 커피를 마시면서 내가 '참 미인이네요.'라고 추켜세우자 그들도 미소를 보낸다.

　마지막 날은 만물상을 보기로 하고는 좀 무리를 하기로 했다. 어제의 상팔담보다는 매우 험로이나 그런대로 걸을 만하다. 사진에 보는 대로 역시 만물상이다. 하산길을 서둘러 먼저 내려와 귀면암의 좌판 판매원과 시간을 좀 같이 해 보기로 마음먹었다. 키가 훤칠하게 큰 처녀와 좀 아담하게 생긴 처녀, 그리고 30대 중반의 남자가 서 있었다. 먼저 커피 한잔을 주문하고 얼쩡거리다 키 큰 처녀를 쳐다보며 말을 걸었다.

　"색씨, 뭐 좀 물어보고 싶은데요."

　"네, 선생님 말씀하세요."

　"지금 가슴에 있는 김일성 주석님의 뺏지…."

　라고 하자 특유의 나긋나긋한 목소리로 얼른 정정을 해 준다.

　"선생님, 뺏지라고 하지 않고 휘장이라고 합니다."

　"아, 그래요. 이 휘장을 가슴에 찬…."

　그녀는 또 정정을 해 준다. 마치 그 표정이 초등학교 선생님같이 정겨우면서도 분명하다.

　"가슴에 찬다고 하지 않고 모신다고 합니다."

　"아, 그렇겠군요."하면서 말을 처음부터 다시 이어나갔다.

　"가슴에 김일성 주석님의 휘장을 모신 사람과, 아 참, 이건 뭐라고 하지요?"

하면서 손으로 그리면서 설명을 하니까 '공화국 국기'라고 한다. 다시 말을 이었다.

"가슴에 김일성 주석님의 휘장을 모신 분과, 공화국 국기를 모신 (그러면서도 국기를 모신다는 표현이 맞나? 하고 혼자 생각하였다.) 분과 어떤 차이가 있나요?"

그녀는 여전히 만면에 웃음을 띤 채로 설명을 해 준다.

"그 둘은 꼭 같은 겁니다. 어느 것이든 상관없습니다."

"아 그렇군요. 본인 선택의 문제군요. 그럼 김정일 위원장님의 휘장은 없나요?"

약간은 짓궂은 정치적 질문을 정중히 하였다. 그러자 여전히 초등학교 선생님처럼 상세히 설명을 하는데 말이 빠르고 바람이 휘저어 잘 안 들렸지만 내용은 '그건 모든 인민들이 김일성 주석님을 우선적으로 받들고자 하기 때문'이라는 취지의 대답이었다.

대여섯 명의 하산객이 모이자 내가 키 작은 여성에게 농담 삼아 노래 한 곡 부르라고 하니 수줍은 표정으로 싫다고 한다. 옆에 있던 그 남자는 놀리는 표정으로

"불러 봐, 한 번 불러 봐."

하고 계속 장난기를 부린다. 그러자 나와 얘기를 나누던 그 여성도 "자, 노래 한 곡 합니다." 하면서 박수로 거들고 또 우리들이 불

러보라 청하니까 북측 남자도 휴대용 마이크를 안겨준다. 그제야 이 여성이 마지못해 얼굴에 홍조를 띠면서 호흡을 가다듬는다. 그 유명한 '다시 만나요'를 부르기 시작하자마자 금세 눈망울이 촉촉해지면서 열창을 한다.

백문이 불여일견百聞不如一見!

뜻깊은 일정이었다. 산도 물도 사람도 좋았다. 엉겼던 마음이 많이 풀린 것을 실감하는 귀로歸路였다. 우리들은 현대의 정주영 회장님의 〈소〉 이야기를 주고받으면서 온정각을 작별했다. 북방한계선을 넘어 비무장지대의 군사분계선을 지날 때 우리 버스의 안내조장이 '이제 곧 비무장지대 4㎞를 통과하여 우리의 대한민국으로 〈안전하게〉 돌아가게 될 것'이라고 안내한다. '안전'이라니! 비무장지대가 더 무서운 이 모순! 순간 이런 생각이 뇌리를 스쳤다.

'그럼 이제는 우리 모두가 다시 〈무장지대武將地帶〉로 들어가는구나!'

이별의 아쉬움에 다소 감상에 젖어 있던 마음이 분단의 현실로 되돌아와 다시 싸늘해진다. 그렇다. 우리는 그렇게 살아온 것이다. 싸우지 않기 위해 철저한 무장을 하고 살았구나. 우린 또 이렇게 '무장과 비무장'의 얽힌 실타래 속에서 얼마의 세월을 더 보내야 할까….

[창작 노트]

* 제재 윤색의 기행수필

* 창작 의도

   생애 처음이자 마지막이 될 북한 지역 방문의 소회를 남김
   왜곡된 시각 탈피 : 북측 특수성과 민족 동질성 확인 욕구

* 구성과 표현

   제목을 통해 우리 현실의 아이러니를 역습逆襲
   무거운 분위기를 위해 제목에도 한자 삽입
   부드러운 어조 사용
   사실감을 위한 현장 대화 삽입
   긴 기행 내용을 1/2로 줄인 글

   여행의 많은 화소들 중에서 일부만 선택
   첫 문장 1행 1단락으로 감회를 상징적으로 압축
   표현, 어휘 등에서 국가 보안법 저촉 여부에 유의함
   마무리에 '무서운 비무장지대'와 '안전한 무장지대'의 역설逆說

강시 경력

강시僵屍가 겅중겅충 백주대로白晝大路 활보한다.

완벽한 재생 능력 회색피부 이식 후에 백마금편白馬錦鞭 명품 옷에 귀빈貴賓으로 납시셨다. 희번덕 이마에다 똥별 계급 하나 달고 굵직한 목덜미엔 녹슬은 청동 군번줄! 딸랑딸랑 매달고는 여덟팔자 걸음이다.

강시란 무엇인고, 살아 있는 시체려니. 컴컴한 묘지에서 관뚜껑 열고 나와 천지사방 활보하며 내로라 눈 부릅뜬 뻣뻣시체가 곧 강시라. 시체는 분명하다만 만사형통 무소불위 최첨단 바이오 시대라, 생명과학 덕분으로 멀쩡한 모습으로 되살아난 족속이렷다. 이름 유래 볼작시면 '강僵'이라는 글자에는 넘어지는 의미도 있고 바로 서는 의미도 있어 이놈 생성 유전자가 애시당초 모순이로고. 그런 고로 이 족속은 죽어서도 살아 있고 살아서도 죽어 있는 생중사 사중生中死死中生의 양수겸장 별종別種이라. 뭐 그렇다고 제 무슨 개념 있어 T. S. 엘리엇의 황무지 개간 후에 따뜻한 봄비 내려 죽어가는 꽃들의 모진 세상 구원하리. 허니, 죽음보다 못한 항아리 속 생중사生中死에 온몸으로 진저리치며 잔인한 4월을 기다리는 큐마의 무녀 같은 자유정신이야 언감생심 애시당초 없는 놈. 또 세상 돌아가는 꼴이 더러워서 확! 그냥 붓을 꺾어버렸던 지사志士 정신의 소유자도 그 아니라. 제 필요에 발맞추어 죽었다 되살아난 전천후 기회주의자인 즉, 이놈의 재림 모습 그 또한 가관이렷다.

오늘은 새해를 맞아 각종 단체들 시끌벅적 정기총회라. 황룡청룡 대원로에 이무기 선배님들과 뱀장어 미꾸라지까지 선후배들 모다 모여 송구영신하는 자리에 풍찬노숙 고난시절 시시층층時時層層 경력 쌓은 원로 대선배님들 덕담이 먼저 시작된다. 한데 잠시 후, 한 선배님 지시에 따른 사회자 호명으로 연단에 올라선 저 늙수그레한 초입初入 회원 거동 보소. 부릅뜬 두 눈으로 좌우를 응시하곤, 꼬깃꼬깃 누런 종이를 펼치는데 붉은 도장 꽝꽝 찍힌 낡은 증서 한 장이다.

"본인은…(대중을 한 번 휘 - 둘러보면서 제 이마의 똥별 계급장을 가리킨다.) 별

을 단 장군이노라. 돔은 죽어도 만고불변 돔이듯이 오랫동안 갈고
닦지 않아 光광은 나지 않아도 별은 역시 별이려니. 이 증서에 의하
면 본인은 이미 오래전에, 그대들 출생신고보다 훨씬 오래전에, 이
세계에 입문入門하였음을 천명하노라!"

이른바 강시 경력 증명서, 깃발로 휘날리자 원로고문 대선배님들
애매모호한 표정으로 엉거주춤 입맛을 다시는 사이 기왕의 한 원
로님 박수하며 일어선다.

"오늘 모신 동지는 오랫동안 지하세계에서 지룡地龍을 잡으시다
지금 돌아오셨지만 우리 협회 입문 군번은 쌍팔년도 군번임을 본인과
저 증서가 증명하노라. 그동안 위대한 분야에서 위풍당당 활동하시
다가 은퇴하시고 이제 또 새로운 인생 설계를 위해 옛 모임에 다시 납시
셨노라. 이분은 나와 입문 동기同期이니 날 본 듯이 대접하라!"

선배님의 인우보증隣友保證 한 말씀 떨어지자마자 이무기 무리의
몇 사람 박수로 벌떡 일어선다.

"대 선배님! 우리의 대대 선배님! 몇 십 년만의 환생을 감축 또
감축 드리옵니다!"

뿜뿜! 뿜어주는 흥행에 매우매우 흡족하신 강시 경력 신참자는
켜켜이 층층이 경력 쌓으신 대선배님 대열에 기고만장한 연착륙으
로 끼어드신다. 맨바닥에 앉았던 각종 뱀과 미꾸리 무리들 웅성거
린다.

'뭔 개뼈다귀? 웬 짬빱그릇 병정놀이?'

허나, 좋은 게 좋은 세상 싸울 일이 뭐 있으랴. 우리 모두 두루뭉수리로 살자는 듯 눈살은 찌푸리되 입들은 꾹 다물것다.

자고로 경력經歷은 능력能力이요, 실력이요, 지식이요, 지혜 아니던가. 능력본위 사회에선 경력은 벼슬이고 계급이니 층층 쌓은 경력이란 탄탄한 내공內工이라. 능력을 발휘하는 종횡무진 몸사위는 후배들의 귀감이라 존경심이 절로 우러나나니.

때는 바야흐로 경력자 우대 시절이라. 다양한 분야에서 경력들이 쏟아진다. 일주일을 울기 위해 몇 년을 웅크려 쌓은 굼벵이 경력에서부터, 자글자글 땡볕 아래 땀방울로 쌓은 알뜰경력, 북풍한설 강추위에 길눈 다지듯 쌓은 살뜰경력을 어느 누가 뭐라 하리. 능력이야 있든 없든, 실력이야 되든 말든 숫자로 채워진 페이퍼 경력經歷까지 경력經力으로 우대하니 별의별 경력 제조 상큼한 아이디어들이 밤하늘 꽃불놀이로 만화방창 피어나것다.

애시당초 허장성세 무적無籍의 허공 경력, 허풍쟁이 장삿속의 과대포장 튀밥 경력, 교활한 사기꾼의 애매모호 카멜레온 경력이라. 이놈들은 증서로 대조해 보면 근거는 빈 깡통이라 들통나기 마련이지만. 허나, 어디 세상살이가 이런 시시콜콜 일상사를 일일 대조하겠더냐. 마음씨 고운 대중들이 지레짐작으로 알고 입을 다물 뿐이렷다. 눈앞의 오리너구리라. 오리로도 보고 너구리로도 보면서 대충대충 외면하지.

헌데 지하에 깊이 묻혀 죽어 있던 긴 시간에도 경력이 채곡 쌓여 입단入團의 절차 넘어 복단復團 영수증 한 장으로 선배 대열에 끼어 들 수 있는 무소불위 능력증이 소위 강시경력이렷다. 진짜 증서도 있고 인우보증도 확실한 강시 경력자들은 문서 대조를 제일 먼저 과시한다. 오래전에 입문한 증서도 있것다. 확실한 인우보증도 있것 다. 이 어찌 완벽 재림 아니랴.

입문만 해 놓고 훌쩍 사라져서는 오랜 세월 지룡地龍을 파먹다가 이제 돌아와서 경력자로 회춘하여 용무리에 끼인 강시 경력자들이 시여. 인생 백세 시대를 맞아 은퇴 후의 재등장에는 강시경력이 녹용영지鹿茸靈芝 보약이라. 인생도 길고 예술도 긴 무병장수 남은 생애 만수무강 아니런가.

한 세상 원로 고물古物로 부귀영화 누리소서.

[창작 노트]

* 제재 각색

* 구성

　가사문학 형식

* 내용

　문단 세계에도 팽배한 군대식의 선배의식 풍자
　특히 경력 단절 후 복귀자들의 선배연하는 행태 풍자
　사설시조의 풍자, 해학의 기법 운용
　비우호적 내용이라 이 글의 수록 여부를 고심함

* 표현

　• 문체 : 호흡의 유려함 유지를 위한 만연체 중심
　• 리듬 - 4음보의 율문체 기준
　　　　- 정격 율문에 변주의 재미를 첨가
　• 반어와 역설의 냉소적 어조 사용
　• 마지막 구의 언어유희(고물古物=고문顧問)

6부

조선낫에 벼린 수필

조선낫

조선낫은 살림꾼 조선 여인의 단출한 매무새다. 날끼만큼이나 긴 슴베 끄트머리에 나무자루를 달랑 꽂은 모양이 마치 무명 홑적삼에 짤막한 도랑치마를 걸친 다부진 아낙네 모습이다. 종아리에 닿는 짧은 치맛자락도 행여나 발에 밟힐까 저어하여 낫갱기로 중동 끈을 질끈 동여매고는, 풀을 베고 곡식을 거두고 나뭇가지를 치는 바지런한 여인이다. 그녀의 오지랖은 대천한바다보다 넓다. 논두렁, 밭두렁, 논길, 밭길, 따비밭, 다랑논을 재바르게 오가며 구렛들이든 천둥지기든 이 논배미 저 논배미 에돌아 감돌아, 봄여름 풀베기며 가을걷이, 겨울채비에 야산 중턱까지도 휘돈다.

조선낫은 이마에서 정수리까지 낫등 가르마를 곧게 탄다. 그녀의 쪽진 머리는 슴베가 휘어넘는 덜미의 낫공치에 목비녀 짧게 꽂은 단정한 모습이다. 치마허리의 폭 좁은 말기로는 가슴과 허리께를 다 가릴 수 없어 햇살 그을린 속살을 부끄럼 없이 드러낸 이 여인은, 안고름 없는 홑저고리를 입었다고 아무 손이나 살에 닿게 하는 헤픈 여자는 결코 아니다. 마음 준 남정네의 손길에는 주저없이 온몸을 맡긴다. 그러나 어수룩한 촌부村婦라고 가벼이 다가간다면 큰 코다치게 된다. 가슴에 은장도를 품고 있는 이 여인은 제 살이 낯선 돌부리에 살짝 스치기만 하여도 쟁그랑! 시퍼런 불빛 번쩍이며 온몸으로 저항한다.

그렇다고 그녀가 강철같이 억세거나 그믐달같이 싸늘한 여인은 아니다. 뜨거운 불길과 차가운 물길에 수십 번 달구어진 무쇠로 벼려낸 그녀의 눈매는 따뜻하면서도 섬세하다. 두꺼운 낫등에서 점점 얇게 다듬어져 내려온 예리한 날이 있기에, 그녀의 눈빛 앞에서는 아무리 무디고 억센 나뭇가지라도 열 번도 채 찍기 전에 무너지는 물컹이 남정네에 불과하다.

이 여인의 보드라우면서도 아귀찬 눈빛은 그녀의 탄생이 남다르기 때문이다. 대장간에서 태어난 그녀의 성냥은 여우 주둥이처럼 생긴 모루鐵砧 위에 올려놓고 수백 번을 두드린 메질꾼의 쇠메와 숱한 담금질을 거쳐야 한다. 북어는 두드릴수록 보드라워지지만 인고忍苦의 조선 여인은 더욱더 강해진다. 그래서 그녀에게는 날刃을 벼리기 위한 수많은 잔매질이 오히려 개운하다. 이때는 대장장이도 신명난다. 물방울을 여인의 얼굴에 떨어뜨려 구슬을 굴리듯 손목을 휘휘 돌려 보릿대춤을 추며 여인을 어른다. 간질이는 물방울에 한껏 달아오른 여인은 가쁜 숨을 내쉬며 온몸에 흩어져 있는 감각세포를 훑어낸다. 슴베의 감각을 낫등에 몰아오고, 다시 낫등의 감각을 날 끝에 다 모은다. 그래서 조선낫은 날과 등의 체감온도가 달라 날의 충격을 등이 흡수하게 된다. 그녀가 굵은 나뭇가지를 칠 때 제 몸이 휘어지거나 부러지지 않게 되는 것은 오직 이러한 인고의 결실이다. 이것이 온갖 잡일 마다않고 험한 세상을 살아가는 조선 여인의 지혜다.

그러나 아무리 조강지처라도 변덕스러운 것이 인간사라, 새로운 것에 대한 남정네들의 호기심도 더러는 있기 마련. 목덜미까지 기모노를 걸친 성큼한 몸매의 간실간실한 여인이 지나가면, 처음 보는 왜낫에 뭇 남정네들이 한눈을 판다. 왜낫의 긴 자루 허리께를 거머쥐고 엉거주춤 쪼그린 자세로 이 두렁 저 밭등 풀을 베다 나뭇가지를 만난다. 물정 모르는 숫사람이 조선낫 휘두르듯 나뭇가지를 내리찍으면 애당초 쇠메질, 담금질을 겪지 않고 비롯된 왜낫은 고만한 충격에도 휘어지고 찢어진다.

겸연쩍은 남정네는 다시 슬그머니 조선낫을 찾는다. 시앗에는 돌부처도 돌아앉는 법. 앵돌아진 조선 여인은 나뭇가지를 겨냥한 남정네의 힘겨운 낫질에는 행여나 농부 일손 다칠세라 눈길 내리깔고 입술 앙다문 채 다소곳이 참아준다. 그러나 잠시 후 잔풀에 일손이 닿으면, 자분자분한 이 여인도 서슬 퍼런 질투로, 변심한 남정네의 새끼손가락 끄트머리쯤을 살짝 스쳐버리는 앙살스러운 마음은 지녔다.

수더분한 그녀도 여인인지라 어찌 치장을 마다하랴. 무디어지는 것을 매우 싫어하는 그녀는 샘물처럼 정갈하다. 그녀는 언제나 숫돌에서 몸을 씻는다. 물만 찍어 바르는 것이 아니라, 제 몸을 갈아 목욕하는 그녀의 눈빛은 그래서 봄, 가을, 여름, 겨울 없이 형형炯炯하다.

따비, 쟁기, 써레 등을 웃어른으로 모신 층층시하에서도 포도송이 같은 남매들 온갖 뒤치다꺼리로 한 몸 닳아온 이 여인은, 오랜 세월 갈고 벤 날이 뭉개지고 모지라져 슴베만 남게 될 때 말없이 대장간으로 간다. 지조 높은 이 조선 여인은 이날에야 난생 처음 무거운 치마를 벗는다. 그리하여 숯불 벌겋게 피어나는 화덕 위에 누워 푸-푸 들려오는 풀무소리 노래삼아 후생에 태어날 새로운 꿈을 꾸며 전신을 녹여 보낸다.

아득한 옛날, 그녀가 농촌에 처음 시집올 때는 돌이나 조개껍데기 얼굴이었다고 한다. 무쇠로 단련된 그녀의 조상 유적은 서양에서는 삼천 년을 거슬러 올라가지만, 그녀가 조선 규수로 처음 연지 곤지 찍고 족두리 쓴 곳은 이천 년 전 황해도 어느 고을 양갓집이라 한다.

평생을 그녀와 함께 살면서도 낫 놓고 ㄱ자도 몰랐던 까막눈 남정네들은, 이 여인이 ㄴ도 ㅅ도 이미 몸으로 알고 있는 유식한 여인일 줄은 꿈에도 몰랐으리라. 그래도 이 조선 여인은 내색 않고 평생을 함께 살았다. 숫된 남정네들도 제 여인의 품격品格을 알고는 있었나 보다. 그렇기 때문에 이 격조格調 높은 여인을 가슴에 품어 풍년가를 부르고 싶은 남정네는, 예나 제나 반드시 한쪽 무릎을 땅바닥에 꿇고 정중히 두 손을 내미는 것이 아니겠는가.

[창작 노트]

* 제재 각색

* 창작 과정

귀촌살이에서 낮을 사용하다가 다양한 낮의 종류에 감탄
낫의 종류, 특징, 역사, 부위별 명칭 등 재료 수집
특히 대장간의 낮 제작 과정 이해를 위해 견문과 직접 체험의 공을 들임
신변잡기를 창작적으로 변주한 작품
애초 산문적 수필을 작성했으나 너무 설명적인 글이 됨
비유적으로 개작하여 전혀 방향이 다른 수필로 변모

* 구성

효과적 화소의 배치를 위해 고심
낫의 성격, 기능, 형태, 제작과정, 역사 등과 조선 여인의 동질성 조화

* 표현

사모곡을 생각, 낮을 '어머니 = 조선 여인'에 비유
조선 여인의 삶과 낮의 공통점을 오버랩시킴
낫의 외양, 기능, 제작 과정, 역사 등을 제시하면서 동시에 조선 여인의 품성
을 녹여냄

섬세한 표현 유지
낫의 일감에 따른 계절 순서 변경 - 그녀의 눈빛은 봄, 가을, 여름, 겨울 없
이 형형하다.
문체는 조용하고 점잖은 문장 호흡 유지

마무리에서 여인의 품격 제시 ↔ 청혼으로 변주
    - 조선낫을 섬세하게 사용할 때는 반드시 한쪽 무릎을 꿇어야 함

* 초고 '낫'의 원문

아래 글은 초고의 일부로 완성본과 극명한 차이가 있음

<서두 부분>

　　낫 놓고 ㄱ도 알고 ㄴ, ㅅ도 만들 수 있지만 낫의 종류와 형태가 이렇게 다양할 줄은 미처 몰랐다. 어릴 적부터 눈에 익고 지금도 거의 매일 밭두렁에서 사용하고 있는 낫이 평낫이란다. 날이 얇고 슴베가 짧아 벼, 콩 등 곡식의 이삭을 자르거나 풀 베는 데에 쓰는 낫이다. 이 외에 모양과 용도에 따라 우멍낫 또는 목낫, 담배낫, 반달낫, 무육낫, 접는낫, 버들낫, 야채낫, 밀낫, 벌낫, 옥낫, 왼낫, 뽕낫, 톱낫, 선낫, 끌낫 등 그야말로 다양하다. 이름뿐이 아니다. 형태도 지역에 따라 차이가 있다. 강원도, 충청도, 전라도 지역에서 쓰는 평낫은 날이 반달 모양으로 굽었고, 경기도와 경상도 지역의 것은 날의 각도가 거의 직각이고 날의 너비가 길이에 비해 좁다.

<낫의 제작 과정 부분>

　　이러한 차이가 나는 것은 낫의 제작과정이 다르기 때문이다. 조선낫을 벼리는데 8번 이상의 단조과정에다 수백 번을 두드리는 공정을 거쳐야 한다. 또 날刀부위와 다른 부위와의 강도에 차이를 주기 위해 특수한 열처리를 한다. 단조가 끝난 낫을 달구어 물방울을 날 부위에 올리고 마치 구슬을 굴리듯 굴려 부분 열처리를 한다. 자연적으로 낫의 날 부위는 냉각 속도가 빨라 조직이 치밀하고 강도가 높게 되지만, 낫등 부위로 갈수록 달궈진 낫에서 나오는 열로 냉각 속도는 상대적으로 느려져 강도가 날 부위에 비하여 떨어지게 된다.

<마무리 부분>

　　낫은 인류의 농경생활이 시작되면서 중요한 도구의 하나로 발명되었는데 초기에는 돌이나 조개껍데기로 날을 끼워 사용하다가 청동기시대에 쇠가 이를 대신하게 되었다. 세계적으로는 기원전 1,500년 무렵의 의식용 낫이 출토되었다지만 우리나라는 기원전 2세기에 쇠낫이 황해도에서 출토되었다고 한다.

2,000여 년 동안 낫 놓고 기역자도 모르던 우리 대장장이 조상네들의 슬기가 돋보이는 조선낫 기술이다.

가덕도 푸른 물길
〈제1회 이순신 장군 부산대첩 대제〉에 부쳐

푸른 물길이 함성으로 밀려들고 있다. 전라좌수영에서 발진한 물길은 사천, 삼천포, 진해만을 지나 어느덧 가덕도 천성포구에 찰방거리며 추모의 물길을 불러 모은다. 물길을 몰고 온 바람은 이미 뭍으로 먼저 올라와 천성진 허물어진 옛 성곽에 둘러앉았다. 연대봉 봉수대에서 번져 나온 옅은 안개도 제단 앞머리에 앉았다. 보름 전에 올린 충렬사 고유제告由祭로 이미 천지사방에 소문이 났나 보다.

어느 시대인들 바닷물이 푸르지 않았으랴만 오늘 가덕도를 감도는 물길은 햇살에 반짝이는 장군의 칼날처럼 형형炯炯한 눈빛이다. 유방백세流芳百世라 하였으니 역사를 담아 굽이지는 낙동강 하구라서 그런가. 희대의 영웅 이순신 장군의 충혼이 넘실거리는 청사靑史의 물길이라 더욱 푸른빛으로 다가오는지도 모르겠다.

가덕도를 가로지르는 거가대로에는 〈이순신 장군 부산대첩 대제〉 안내 현수막이 바람으로 펄럭이고 있다. 쌩쌩 내닫는 저 차량의 주인들은 지금 이 천성진 옛터에서 봉행하는 대제大祭의 의미를 알고 있을까. 420년 전의 오늘, 1592년 임진 시월 초사흘 밤, 이곳 가덕도에서 심야 작전회의를 하던 조선수군들의 비장悲壯한 마음을, 내일이면 새벽 첫닭울음을 뒤로하고 부산포를 향해 전진하던 수군들의 기상氣像을 알고 있을까. 10월 5일의 부산포 대첩! 그 빛나는 승리의 날을 〈부산시민의 날〉로 제정한 33년 역사를 알고 있을까.

그날 이 시각, 거가대교의 저 창망한 물길 위에 정박해 있던 이순신 장군의 조선 연합함대 수군들은 수시로 맞닥뜨리는 전투에서 어떤 마음에 젖어 있었을까. 그들도 전사戰士이기 이전에는 이웃의 평범한 농부요, 어부였다. 그들은 한 사람 한 사람이 모두 늙으신 부모님의 아들이요, 어린 자식들의 아버지요, 한 여인의 지아비였다. 전장에서 화살이 가슴을 꿰뚫어도, 적탄이 복부를 찢어도 결코 따로 남겨두고는 떠날 수 없는 사랑하는 가족들을 가슴에 품은 평범한 남정네들이었다. 이 선량한 사람들은 절체절명의 순간에 무엇을 염원하며 푸른 바다에서 눈을 감았을까.

세상 사람들이야 알든 모르든 말 없는 세월 무심히 흘려보낸 푸른 물길은 바람을 싣고 가덕도로 모여든다. 서기 2012년 10월 4일, 임진 7주갑壬辰七周甲 전일前日에 봉행奉行하는 〈제1회 이순신 장군 부산대첩 대제〉!

이날을 얼마나 기다렸으면 점촉분향도 하기 전에 그날의 푸른 정신들이 마음 먼저 들며 천성산 낮은 기슭에 바람으로 휘돌까. 일렁이며 재촉하는 물길에 제관祭官들 몸놀림이 바빠졌다. 만고영웅 이순신 장군의 영정을 모신 제단에 제구祭具 갖추고 각종 제물 진설한 후 집례창홀執禮唱笏이 엄숙하다. 공수拱手한 제집사들 단정한 걸음으로 자리에 들어 재배하니 장중한 영신악迎神樂이 자욱한 운무를 가르며 울려 퍼진다.

삼현육각三絃六角 악사들의 피리, 해금 해맑은 음률이 영령英靈들을 인도하자, 장구, 북도 합주合奏하여 물기 촉촉한 구름을 불러 모으더니, 대금의 묵직한 선율을 타고 이순신 장군께서 신위神位로 정좌坐定하신다. 뒤따르던 숱한 충혼忠魂들은 바닷물에 저민 옷자락의 4백 년 소금기를 털어내며 우右에서 좌左로 돌아 연무煙霧로 도열堵列한다.

홀기忽記의 예에 맞춰 초헌관初獻官 헌작獻爵 후에, 먼 세월 기다리시게 한 후예後裔들의 독축讀祝이 저렇게도 송구스럽다. 머리 조아리며 한 땀 한 땀 수를 놓듯 읽어 올리는 제문祭文에 제관과 내빈들 고개 숙여 묵념할 때, 천성산 일던 바람도, 해변의 푸른 파도도 고요한 상념에 젖었는데, 문득 멀리 난바다 저쪽에서 붉은 바람 한 가닥 달려오더니 제단 중앙에 초요기招搖旗로 우뚝 서서 좌우를 호령한다.

장졸將卒들은 들으라! 내일 미명未明에 전함 74척, 협선 92척의 연합 함대를 이끌고 부산포로 진격한다. 전라우수사 이억기, 경상좌수사 원균, 조방장 정걸, 거북선 돌격대장 이언량, 우부장 녹도만호 정운, 중위장 순천부사 권준, 좌부장 낙안군수 신호를 명하노니, 생즉사사즉생生卽死死卽生이라. 불퇴전의 정신으로 장사진長蛇陣 진격하라!

장군의 깃발이 크게 한 번 일렁이자 묵연黙然히 두 발 모으고 섰던 바람도 파도도 일거에 함성되어 부복俯伏 후에 평신平身한다. 초헌례를 시작으로 아헌례亞獻禮, 종헌례終獻禮에 헌관獻官들 국궁재배鞠躬再拜 모두 끝나 내빈들 두 손 모아 헌화 분향하니, 세월 속의 영령들께서 노여움을 거두셨는지 천성산 상상봉의 천년 소나무도 고개 끄덕이며 답례한다.

　지극정성 제물祭物에 흠향歆饗하시는 영령들의 뒤풀이에 함께하며 이제야 원冤을 푸셨는가. 송신악送神樂 울려 퍼지자 일본 침략의 암울한 흔적 속에 남모르게 묻혀 있던 이 땅의 어진 백성들도 굳은 몸을 뒤척인다. 눌차왜성, 성북왜성, 외양포 일본군 포대진지, 대항 인공동굴에서 눈물 훔치며 줄줄이 빠져나와 곳곳이 눈에 익은 가덕 해안로를 한 바퀴 빙 둘러 본다. 얼마 만에 다시 보는 그리운 풍경인가. 하얀 옷깃 여미며 아쉬운 마음 뒤로하고 다시 갈마봉, 웅주봉, 매봉을 휘돌아 연대봉으로 오르더니, 영령들의 뒤를 따라 봉수대 푸른 연기로 가뭇없이 승천昇天한다.

　멀리, 세상의 평화를 염원하는 수평선을 펼쳐놓고 넘실대는 남해 바닷물은, 예나 제나 변함없는 푸른빛으로 햇빛 아래 반짝이고 있다.

[창작 노트]

* 제재 치환

* 수필이 될 수 없는 '실용적 소재'로 고급 수필 만들기

* 행사

  2012.10.4 <제1회 이순신 장군 부산대첩 대제>

* 소재

  대제大祭 진행 자료, 부산포 해전사, 가덕도 문화유적 등 참조

* 작품 창작의 사전事前 기획

  • 취지 : 대제大祭 행사 홍보 및 <부산포 대첩>의 의의를 조명

  • 제재

    - 원재료 중 주제와 연관 지은 핵심 요소 추출

    - 엄숙한 제례祭禮의 식순式順과 성격에 유의

    - 이를 위해 대제 전체 흐름의 숙지 노력

  • 구성

    - 단순 사실 전달이나 보고문을 탈피하여 문학적 변주를 기획

    - 대제를 축으로 하되 행사 전체를 상징적으로 형상화

  • 문장과 어조

    - 주제의 비장미에 맞춘 호흡, 장중미, 애상적 회고

    - 비유적 이미지의 시적 분위기

    - 의식용 한자어 혼용의 고풍스러움

  • 이미지 : '물길 = 충혼 이미지'로 작품 전체에 관류貫流시킴

  • 제목 : 물길 이미지를 사용

  • 전개 : 상징적 이미지를 축으로 행사 진행 과정 묘사

           - 추모 물길 → 세인世人의 무관심 → 전장戰場의 수군 심경 → 대

           제 진행(영신악迎神樂 → 독축讀祝 → 영령英靈 강림 → 장군 등장

           → 송신악) → 해원解寃 승천 → 평화 기원

수필

인생이 강물이라면 수필은 물결이다. 강물은 순리로 흐르고 물결은 윤슬로 반짝인다. 순리로 흐르는 물줄기에는 역동逆動의 힘이 가미되어야 물결이 일어난다. 이 역동의 힘이 미학적 변주의 원동력이다. 이 변주는 작게는 반짝이는 잔물결에서부터 영롱한 물방울을 거쳐 찬란한 물보라에 이르기까지 다채롭게 형성된다.

물살이 세든 약하든, 흙탕물이든 청정수든, 살얼음이 잡혔든 너테가 엉켰든, 위에서 아래로 흐르는 순행의 몸짓은 수필이 아니다. 계절의 아름다운 채색을 담아 아무리 우아하게 굽이지더라도 물줄기는 한 가닥 삶의 일상일 뿐이다. 또한 아무리 특별한 경험이 물줄기에 얹혔더라도 그 토막은 일상의 한 조각일 뿐 수필은 아니다. 흐르는 그대로의 물길 토막은 어떤 미사여구를 동원해도 신변잡기에 불과하다. 순행의 물줄기가 수필이 되기 위해서는 역동逆動의 변주變奏를 일으켜야 한다. 이 변주가 미적 감각을 발아發芽시키는 수필 창작의 씨앗이다.

시간을 묵히고 공간을 누비며 인류 발자취의 도도한 흐름으로 굽이지는 강. 그 강물에는 다양한 물줄기들이 섞여 뒹굴면서 파란만장한 삶을 엮어낸다. 역사의 강물은 수평을 지향하고, 인생의 물줄기는 행복을 추구하고, 수필의 물결은 아름다움을 창조한다.

무릇 모든 문학작품이 다 그렇듯 평범한 일상에서 일어나는 작은 물줄기 한 토막도 수필의 재료가 될 수는 있다. 다만 범속한 물줄기가 삶의 보편성과 흥미성을 확보하여 한 편의 수필로 등극하기 위해서는 최소한의 미학적 장치가 얹혀야 한다. 그 장치의 출발은 밋밋한 물줄기에 아롱무늬를 새기는 제재 윤색潤色의 변주다. 이야기 한 토막을 두고 치켜올렸다 꺾어내렸다, 궁글렸다 뒤집으며 시김새로 희롱하는 판소리 명창의 소리 기법은 굴곡의 파랑波浪이다. 휘도는 물굽이로 물살을 조절하면서 잔잔한 물거울로 비추다가, 때로는 살여울로 몰아치는 변주를 가미하면 비로소 윤슬로 반짝이는 수필의 물결이 인다.

이 물결에다 문예적 요소를 가미하면 드디어 수필이 탄생된다. 그 작업은 물머리에서부터 꼬리까지 관절 하나하나를 긴장감 있게 장악하는 긴밀 구성, 반짝이는 윤슬 한 잎 한 잎에 어울리는 살아 있는 표현, 물굽이의 완급에 상응하는 호흡의 장단, 물결의 진폭에 걸맞은 어조語調를 싣는 일이다. 이러한 문예적 요소는 모든 수필 창작에 공통적으로 적용되어야 하는 기본이다. 그때야 관중도 눈 앞에 펼쳐지는 범속한 제재의 변주에 어깨를 들썩이는 추임새로 화답하는 수필이 된다.

물결이 거칠어지면 물줄기에는 격랑이 일고 튀어 오르는 물방울이 생긴다. 물줄기가 여울목을 휘돌고 바윗등에 부딪혀 부서지는 영롱한 물방울은 일상에서 변주된 훌륭한 수필의 동력이다. 아롱 무늬로 여울지던 물굽이가 소쿠라지고 용솟음쳐 삶의 화소話素들이 방울방울 쪼개지는 제재 각색脚色의 변주다. 이 물방울은 기나긴 물길 인생에서 작가가 채택한 체험의 가치 있는 재해석의 결실이다. 윤슬로 반짝이는 물결에다 생동하는 물방울 구슬을 교직하여 엮어내는 이 수필은 이야기도 되고 시도 될 것 같은 다층적 흐름이다. 반짝이는 윤슬에 추임새로 화답하던 관중도 어느덧 글의 품으로 들어와 그 물방울에 촉촉이 젖어들기도 하는 그런 수필이다.

영롱한 물방울의 몸짓이 더 격렬해지면 찬란한 물보라가 번져난다. 이 변주가 이루어지는 길목은 물줄기가 온몸을 던져 뛰어내리는 폭포다. 삶의 현장에서 변주된 유추類推가 현실이 아니듯 이때의 물방울은 이미 물줄기의 형체가 아니다. 인생이 낙엽이 되고, 마라톤이 되고, 항해로 은유되듯, 찬란한 물보라는 다양한 상관물로 형상화된 제재 치환置換의 변주다. 흐르던 물줄기가 흩어져 윤슬도 사라지고 영롱한 물방울도 산산조각이다. 수직의 절벽에서 흩날리는 물보라는 시적 경지로 승화된 최상의 수필 기교이다. 아련하게 흩날리는 물보라는 일상의 강물에서는 볼 수 없는 찬란한 무지개를 그려낸다. 이때는 글의 품으로 들어와 그 물방울에 촉촉이 젖어들었던 관중이 저도 모르는 사이에 물보라 속으로 발걸음을 옮겨 두 팔을 벌리고 서서 시각, 촉각, 청각이 어우러진 환상의 세계 속으로 빨려 들어가는 수필이다.

그러나 수필이 물줄기의 변주를 이룩한 물결이라고 해서 물거품이나 분수가 되어서는 안 된다. 수필은 물줄기의 윤색이든, 각색이든, 치환이든 순행하는 흐름에서 일으킨 미적 변주일 뿐이다. 아무리 개성 발랄한 물길도 시공을 역행하거나 거품으로는 흐를 수 없다. 거품의 고백이 진실일 리 없고, 인생을 거꾸로 산 행적이 문학일 수 없듯이, 수필의 변주란 흐르는 물길의 순리를 거역하거나 허황되지 않은 물줄기라야 한다. 깊디깊은 흐름 위에 반짝이는 윤슬,

굽이치는 소용돌이를 딛고 튀어 오르는 물방울, 천길 벼랑에서 혼신의 힘으로 부서지는 물보라도 결국은 시간을 묶고 공간을 누비면서 순리의 물길을 여는 물줄기의 한 부분일 뿐이다. 수필은 그 진폭이 크든 작든, 시공을 굽이져 내린 경륜의 물줄기가 그려내는 사색과 고백의 결실로 이루어진 아롱무늬이기 때문이다.

강물에는 비바람에 부대끼는 강둑 풀잎보다 더 많은 희로애락이 엮여 흐르지만, 그 흥미진진함도 오로지 바다를 향해 아래로만 흐르는 순행의 일상일 뿐이다. 그러기에 관중은 물줄기의 파란만장한 내용이 아니라 변화무쌍한 모양에서 환호한다. 수필가는 일상의 물줄기에다 반짝이는 채색을 빚어내는 디자이너다. 수필의 형식은 제재의 빛깔에 맞는 최상의 디자인이라야 한다. 소설은 허구적 구성미로, 시는 상상적 운율미로 형상화하지만, 수필의 형식은 물줄기의 다채로운 변주만큼이나 그 구성법이 다양하다.

수필의 미감은 내용에 탄력적으로 호응하는 개성적 형식과 이에 어우러진 문예적 표현에서 비롯된다. 수필의 품격이 반짝이는 물결이든, 영롱한 물방울이든, 찬란한 물보라든 물머리에서부터 꼬리까지 관절 하나하나를 긴장감 있게 장악하는 긴밀 구성, 반짝이는 윤슬 한 잎 한 잎에 어울리는 살아 있는 표현, 물굽이의 완급에 상응하는 호흡의 장단, 물결의 진폭에 걸맞은 어조를 실어야 한다. 싱거운 물줄기가 길게 이어지면 밋밋하고 지루하다. 미적 창조의 극대화를 위한 이 물결무늬 생동감은 오롯이 미감에서 우러나는 작가의 창의적 몫이다.

　오늘도 강물은 인생의 희로애락을 싣고 변함없이 굽이진다. 강둑에 올라 눈을 감고 바라보노라면, 온갖 변주로 반짝이던 수필적 미감은 일상의 물줄기 속에 무르녹아 작가의 손길을 기대하며 미완의 물결로 출렁이고 있다.

[창작 노트]

* 제재 치환

* 창작 의도

　　피천득의 『수필』이 지닌 오류 탈피를 위한 대체 작품
　　창작적 미감에 의거한 수필 작법 제시 - 3단계 층위層位
　　수필 창작론의 교술적 내용을 비유적으로 형상화

* 내용 전개

　　수필 성격 → 창작 기법 → 수필의 미감

* 표현

　　강물에 일어나는 물결의 다양한 변주를 비유

* 윗글의 개요

　　• 주제 : 수필은 순행하는 삶의 물줄기에 역동적逆動的 변주를 일으킨 미
　　　　　　적 감각의 창작물
　　• 1문단 : 수필의 미감美感
　　　　　　- 인생은 순리로 흐르는 강물, 수필은 역동逆動의 힘이 가미된 물결
　　　　　　- 순행의 물줄기는 신변잡기
　　　　　　- 수필이 되기 위한 역동逆動의 변주變奏는 수필 창작의 씨앗
　　• 2문단 : 수필이 되기 위한 미학적 기법 3단계
　　　　　　- 제재 윤색潤色의 변주 = 긴밀 구성과 문예적 표현
　　　　　　　　　→ 최소한의 미학적 장치
　　　　　　　　　→ 밋밋한 물줄기에 아롱무늬를 새김

<각 단계 표현의 공통 요소>
물머리에서부터 꼬리까지 긴장감 있게 장악하는 긴밀 구성
윤슬 한 잎 한 잎에 어울리는 개성적 표현
물굽이의 완급에 상응하는 호흡의 장단
물결의 진폭에 걸맞은 어조語調

   - 제재 각색脚色의 변주 = 제재의 비유, 체험의 재해석
       → 거칠어진 물줄기에 격랑이 일고 튀어 오르는 물방울
       → 이야기도 되고 시도 되는 다층적 흐름
   - 제재 치환置換의 변주 = 시적 경지로 승화된 수필
       → 현장에서 유추되어 다양한 상관물로 형상화
       → 일상에서 볼 수 없는 찬란한 무지개
• 3문단 : 물거품과 분수는 수필이 아님
   - 물거품 : 삶의 허상
   - 분수 : 삶의 순리 역행
• 4문단 : 수필의 형식과 미감
   - 형식 : 제재에 맞는 최상의 디자인
       물줄기의 파란만장한 내용이 아니라 변화무쌍한 모양
   - 미감 : 내용에 탄력적으로 호응하는 개성적 형식
       내용과 형식에 어우러진 문예적 표현
       미적 창조의 극대화는 작가의 창의적 몫
• 5문단 : 수필적 미감
일상의 물줄기 속에 미완의 물결로 출렁이며 작가 능력을 기다림

부
록

고급 수필 쉽게 쓰기

1. 수필의 문학성

수필 미감 : 형식 창출 + 내용 변주

수필 창작의 4요소(구성, 제재, 문체, 주제)

- 구성 : 긴밀 구성
- 제재 : 비유, 또는 재해석
- 문체 : 효과적 표현
- 주제 : 내용 의도

(1) 형식 창출

* 수필 = 문학 / 문학 = 언어 예술 / 예술 = 미적 창조물

∴수필 존재 이유 : 미감美感 창출

* 문학적 미감美感은 내용보다 형식

* 문학 양식의 차이 : 형식의 차이 : 시-운율, 시조-정형률, 소설-구성

* 문학은 내용보다 형식이 더 중요 - 독자는 정보 아닌 미감을 요구

* 필자 견해 : 창작이든 작품평이든 일차적으로 형식에 관심 두어야 한다.

* 형식 ≒ 구성(plot)

- 개념 - 미적 창조의 극대화를 위한 작가의 의도적 장치
- 구조, 리듬, 문체, 표현 등을 포괄함
- 형식은 용기容器가 아니라 작품 형성의 원리

* 구성 : 수필 창작의 기본 기교

- 독자 유인을 위한 화소話素의 효과적 배치를 통한 긴밀성
- 무형식의 형식 : 개별 작가의 창의적 요소 = 개성적 구성

* 수필 형식

- 미감 있는 주제 전달을 위한 최선의 형식 창출 필요
- 개별 작품 형식은 '작가의 의도'에 맞게 독창적으로 운용

- 내용과 호응하는 구조

(2) 내용 변주變奏

* 수필 : 교술敎述 양식 = 자아의 세계화 = 체험의 고백

* 교술 양식 or 자아의 세계화 : 내용 전달의 특성일 뿐 창작적 특성은
아님

* 수필 제재 : 체험 = 객관적 사실 ≠ 문학

* 개인사에서 출발 → 삶의 보편성과 흥미성 확보 필요

* 작품 내용 변주 = 개인의 체험 + 작가의 재해석 or 미적 변주

　　　　　　　　- 작가의 재해석 : 체험의 가치 있는 해석

　　　　　　　　(미적 가치 ≠ 도덕적 가치)

　　　　　　　　- 미적 변주 : 제재의 비유, 상징

* 내용 변주 : 사실(事實, 寫實)의 극복 = 문학

　　　　　　　　- 체험의 재해석, 제재의 치환을 통해 정서를 형상적
　　　　　　　　形象的으로 전달

　　　　　　　　- 한 작품 내에서 사실적 화소話素의 분량과 작품성
　　　　　　　　은 반비례

　　　　　　　　- 사실적 화소 나열은 신변잡기

2. 수필의 창작성 미감美感 : 변주變奏의 등급

　(1) 상징성 : 제재 치환置換

　　　　　　　제재의 상징화

　　　　　　　시적 이미지로 형상화

(2) 비유성 : 제재 각색脚色

　　　　　제재의 비유

　　　　　체험의 재해석

(3) 문예성 : 제재 윤색潤色

　　　　　적절한 구성

　　　　　표현의 묘미

* 공통 요소

- 구성 - 긴밀 구성을 통한 긴장감
- 표현 - 문체, 미문美文, 골계滑稽, 장단, 호흡, 율감律感, 어조, 기타
- 문장 - 어법에 맞는 구조, 묘사의 적확성的確性

　　　　미감 등급과 내용의 감동성은 별개의 문제임

- 문학 아닌 종교, 철학, 사상 등도 '내용'만으로 공감 유발
- 수필은 미적 창작물이므로 내용 공감보다 미감이 더 중요
- 미적 공감은 구성과 표현 등 형식 요소에서 우선함

* 참고_<신변잡기> 수필 구조

　(1) 내용 : 일상성의 서사적 전개, 정보 전달

　(2) 구성 : [기-서-결]의 설화적 구조, 화소의 추보식 나열

　(3) 표현 : 설명적, 서사적, 교훈적

* 사족蛇足

- 신변잡기를 구성만 잘해도 최악은 면하고
- 겸해서 제재 변주가 일어나면 좋은 수필이 되고

- 문체가 가미되면 최상급이 된다.
- 내용적 감동은 문학 미감의 본령이 아니다.

3. 좋은 수필 창작시 타장르의 원용援用 기법

* 시, 소설 : 현실 소재를 작품 밖에서 허구화
* 기교 원용 : 시의 비유와 상징 기교, 시조의 율격미 활용
　　　　　　　소설의 허구성 및 긴밀 구성 기교 활용
* 수필
현실적 소재 자체가 작품의 제재이므로 현실 소재의 변형이 필수
　　　　　　　→ 고급 수필 창작의 핵심 과제
수필적 허구는 진실 표현을 위한 필수적 변주
'진실의 고백'에 대한 오해 불식 필요
진실 표현 늑 작가 의도의 효과적 전달 ≠ 사실적 기록

4. 고급 수필의 요건

(1) 긴밀 구성
(2) 제재 치환置換, 비유, 상징
(3) 문예성 있는 문장
(4) 효과적 표현(묘사, 호흡, 어조 등)
(5) 가치 있는 내용
(6) 문학 3대 속성(보편성, 항구성, 개성)

5. 독자 유혹법

* 구상 : 독자 흥미 지속의 묘책(당근) 계획

* 수필은 문학이기 때문에 공감共感보다 미감美感이 우선

* 작품 속에는 독자 유혹 재료가 한 개 이상 필요

(1) 주제 : 참신성, 가치성, 흥미성

(2) 구성 : 극적 배열, 작품의 수미首尾에 작가의 작품 장악력 필수

      - 서두 : 성패 요체, 주제 제시, 내용과 표현 면의 독자 유혹

      - 본문 : 표현의 묘미나 서사적 궁금증을 통한 흥미의 지속

      - 결말 : 감동적 여운의 잔영殘影 제공

(3) 문장 : 서정, 유머, 위트, 율감律感, 장단, 강약, 어조 등

(4) 적절한 분량

강이 쓰는 시

― 낙동강 · 415

서태수

강물은 흐르면서 일 년 내내 시를 쓴다
바람 잘 날 없는 세상
굽이마다 시 아니랴
긴 물길 두루마리에 바람으로 시를 쓴다

낭떠러지 떨어지고 돌부리에 넘어진 길
부서진 뱃조각을 물비늘로 반짝이며
수평의 먼동을 찾아 휘어 내린 강의 생애

온몸 흔들리는 갈대숲 한 아름 묶어
서사는 해서체로, 서정은 행서체로
시절이 하수상하면 일필휘지 초서체다

비 섞고 눈을 섞고 햇볕도 섞은 시편詩篇
파고波高 높은 기쁨 슬픔
온몸으로 새겼어도
세상은 시를 안 읽고 풍랑風浪이라 여긴다